小学館文庫

小説

STAND BY ME ドラえもん 2

原作／藤子・F・不二雄

著／山崎 貴

小学館

1

街灯りを映した薄青色から深い深い群青色へ、空はきれいなグラデーションに塗りつぶされていた。

地平線と接するあたりには、亜音速ジェット旅客機の識別信号がいくつも瞬きながら、高高度に向かって銀河鉄道のように離陸していくのが見える。眼下はまるでクリスマスのイルミネーションを広げたように美しい光の粒子がお互い競い合うように輝いている。そう、ここは未来の都市の上空。

その夜の中を「タケコプター」と呼ばれる個人飛行装置で飛んでいる二人の姿があった。

ドラえもんとのび太だ。

ドラえもんは二十二世紀ののび太の孫の孫セワシから派遣された猫型ロボットだ。

彼は未来の世界から持ってきた道具を駆使してのび太を助け、彼が向かっていた悲惨な運命をすばらしいものに変えるためにやってきたのだ。

それは巡りめぐってのび太の子孫であるセワシの人生も明るく変えるはずだということらしい。

彼らの出会いはそんなふうに始まったのだが、さまざまな出来事を乗り越える中で二人の間に芽生えた友情は、当初の目的を超越して、切っても切れない絆になっていた。

彼らは大人になったのび太の結婚式を見にタイムマシンを使ってこの時代にやってきていたのだが、日付を一日間違えて、結婚前夜に来てしまったのだった。

しかし彼らはこの偶然来てしまった時間の中で得がたい体験をしてきた。

「結婚式を見るのはまた今度にしない？」

ドラえもんの提案にのび太も心からうなずいた。

たまたま聞いてしまったしずか（つまり大人になったのび太の結婚相手だが）を嫁がせる父親の気持ち……それを知ったことで胸がいっぱいだった。

今日はもう充分だった。

この世界での明日……つまり結婚式当日には来ようと思えばまたいつだって来ることができる。

今日はこの幸せな気持ちを胸に自分の時間に戻ろう。そしてしずかちゃんをもっともっと大切にしよう。

そう心に決めて、のび太はドラえもんとともにタイムマシンを待機させてある公園に向かって急降下していった。

同じころ、結婚前夜を祝う飲み会を終えた大人になったジャイアンやスネ夫、出木杉、そしてのび太は解散しようとしていた。

「あー飲んだ飲んだ」

「帰るのめんどくさいなあ」

「泊まっていくか？　スネ夫。出木杉だって結構飲んだろ」

「ぼくはスグサメール貼ったから」

「ぼくも」

出木杉がちゃっかり言うと、のび太も手の甲をジャイアンとスネ夫に見せる。

そこにはアルコールを一瞬で分解して無害にする〝スグサメール〟というテープ状の薬が貼られていた。

「つまんねえやつらだな」

「すぐ素面に戻るなんてよ。じゃあな、のび太。迷わずに帰れよ」

「うんジャイアン」

そう言いながら、のび太はエアスクーターに乗り込む。

「とはいえ、オートドライブだから間違えないけどね」

「だな、どはははっ」

「明日の結婚式、出られなくて悪いね」

出木杉がのび太に謝ってきた。

「急な出張だって？　仕方ないよ」

「そんなこと言って、本当はしずかちゃんが嫁に行くのを見たくないんだろう？」

酔っ払ったジャイアンが不躾な言葉を出木杉にぶつける。

「そんなことないって。ぼくはもうふっきったんだから」

出木杉はふっきったとは到底思えない顔でそう返した。

「気持ちはわかるぜ。しずかちゃんはおれたちのマドンナだったからなぁ」

スネ夫が夜空を眺めながらつぶやく。

ジャイアンがのび太にヘッドロックをかけながら吠えた。

「それを、なんでお前がかっさらっていくんだよぉ」

「そうだそうだ！　のび太のくせに」

皆一抹の寂しさを抱えながら、子どものころのようにのび太を攻撃することでなんとか今の気持ちを乗り越えようとしていた。

のび太はそれを知ってか知らずか、にやにやしながら素直に攻撃を受け止めていた。

「じゃあね」

ちりぢりに散っていく幼なじみを見送って、のび太はエアスクーターのドアを閉めた。

「行き先、自宅、ゴースクーター」

のび太の発した音声コマンドでエアスクーターはのび太の一家が住むマンションに向けて発進した。

オープンシートにしてあるので、スピードが上がるにつれて、ほてった頬に気持ちよい風が当たり始めた。高速道路を流れるいくつもの光の筋をのび太はうっとりと眺めていた。

そう、明日はしずかとの結婚式だ。子どものころからずっとずっと思い描いていた夢がついに現実になるのだ。

青年のび太は絶対不可能だったそれを現実に変えてくれた古い友だちを思い出していた。

「ドラえもん……」

そして、しずかがプロポーズを受け入れてくれたときの顚末も……。

それはつい何ヶ月か前のことでもあったが、のび太にとっては遠い少年時代に体験した出来事でもある不思議な思い出だった。

子どものころののび太の活躍がこの結婚には大きな意味を持っていたのだ。

大人になった今では、あのときこの時代にやってきてくれた少年時代の自分がなんだか懐かしい友だちのような気分でもあった。

あの少年（自分自身だが）の活躍がなければ、しずかとの結婚はなかったかもしれない。

そして、そのときの出来事を幸せな気持ちでもう一度反芻し始めた。

ふと、少しいやな予感がした。何か思い出してはいけないものがそこには含まれている気がしたのだ。

雪山で言ってくれたしずかのプロポーズへの答え。それは実は少年時代の自分しか聞いていない。

今の自分がしっかり覚えているのはとにかくしずかがオッケーしてくれたという事実だけだ。

雪山から救助したことに感動したしずかがプロポーズを快諾してくれたような気がなんとなくしていたのだが、少年のび太から『しずかの返事』を聞いたときはまだしずかは眠っていたはずだった。

何かがおかしい。

ぼんやりとした記憶の薄皮をはがすようにのび太はその芯の部分にゆっくりと思

考の糸を伸ばしていった。少年時代の自分の記憶にたどり着ければ、そのもやもやは一気に解決するはずだ。

「しずかさんはあのとき、なんと言っていたんだっけ……」

記憶は鮮明になりつつあった。

のび太はどんどん高まる危機感を覚えながら、抗いがたい思いを止められず、少年時代の記憶にますます近づいていった。

2

結婚前夜への時間旅行から帰ってきてから、数ヶ月がたっていた。

その間にはドラえもんを安心させるためにジャイアンとケンカしたり、ドラえもんが未来に帰ったり、ドラえもんが「ウソ800(エイトオーオー)」の思わぬ効果で帰ってこられたりといろいろな出来事があったのだが、のび太は今日もドラえもんと一緒にのんきに日常を送っていた。

今ちょうど、外から家に帰ってきたのび太の関心事はただ一つだった。

「ただいまー！　ママーッ、今日のお昼なあに？」

ママが玄関に現れた。

「のび太ーーっ！」

ママが凍りつくような冷たい声で言った。

なんだかおかしい。のび太は本能的にそこにいては危ないと感じたが、ママの冷たい目に射すくめられて、一歩も動けずにいた。

「うわっ！」

この声はマズい。大変マズい。なぜかわからないが、ママの機嫌は一言でわかりすぎるくらい伝わってくる。

これはかなり怒っている。

……でもなんで？　のび太は迷った。

別にママがここまで怒るようなことに覚えがなかった。

宿題もこのところ、一応キチンとこなしていたし、買い物だって言われればいやいやながらも出かけた。

そもそも今、外から帰ってきたばかりだ。何もしていないうちに怒られるなんて考えられない。

……ということは、のび太がいない間に何かが起こったのだろうか？　でもいったい何が？

ドラえもんが何かやらかしたか？　でもそんなことでのび太が怒られる筋合いは

なかったし、責任転嫁してのび太を怒るようなママでもなかった。

だったら何か隠していたものでも見つかったんだろうか？

そのときのび太はある一つのものに……絶対に見つけられたくない〝アレ〟に思い至った。まさか、アレが……。

びくびくしながらのび太が玄関で顔を上げると、仁王立ちのママの手にはくしゃくしゃの紙が握られていた。

なぜ最悪の予想だけはこう見事に当たるのだろう。

案の定それは、机の引き出しの奥深くに隠しておいたはずの答案用紙だった。もちろん点数は例によって0点だ。

「机の下からこれが出てきたわよ！」

「そ、その話はまた今度聞くよ。だって今日は……」

「いいかげんになさい‼　0点取っただけじゃなく、それを隠すなんて！　そんな子に育てた覚えはありません‼　だいたいね、夏休みになってまでこんなことで怒らないといけないなんて……」

一度始まったら、緩めると言うことを知らないママの機関銃のようなお小言が次々とのび太の心を射貫いていった。

「勉強しない自分が悪いのだ」とか「ここまましゃどうしようもない大人になってしまう」だとか……。

のび太の性格を知りつくしたママの的確な言葉の攻撃にのび太の気持ちは今やボロボロに崩れ去りそうになっていた。


おおよそ一時間ほどのママのお小言が終わってようやく解放されたのび太は、ぐったりとした体をなんとか支えながら二階にある自分の部屋に向かった。

頬を伝った涙が乾いて、顔を動かすとわずかに引きつったような感触があった。ずっと正座させられていたせいで、膝ががくがくしている。

部屋のドアを開けると、ドラえもんが押し入れから出てきた。

「よいしょっと。こってりしぼられたねえ」

「何もあんなにひどく……」

「仕方ないよ。悪いのは君のほうなんだから」

慰めてもらおうと思ったのに、ドラえもんにまで突き放されて。ああ、ぼくは今世界中で一番不幸な子どもかもしれない。部屋のカレンダーを見ると、八月七日のところに赤丸がついている。

「でも、今日は誕生日なのに……。あっ……ひょっとしたら、そうだ……きっとそうなんだ」

「えっ？　何ブツブツ言ってるの？」

「ぼくはこの家のほんとの子じゃないんだ。どこかで拾われたんだ！」

がっくりと膝を落としたのび太がそう言ったとき、ドラえもんはひょいっと壁に立ち、そのまま上っていく。

「ハハハ、バカなことを」

「本当の子ならあんなひどい怒り方しないよ。だいたいさぁ自分の子に『のび太』なんて名前つける？」

「別に普通だと思うけど」

「もっとかっこいいのがあったはずだ。あああぼくの本当のお母様はどこにいらっしゃるのかしら」

机の前の椅子に座り、涙目で天を仰ぐのび太を見て、ドラえもんはため息をついた。

「バカバカしい」

　ドラえもんはそう言いながら、天井に逆さまにはりついたまま、たくさんのひみつ道具をチェックして、いらないものをくずかごへ捨てていく。ひみつ道具とは、ドラえもんが持っている未来の道具のことだ。

　ふとそのとき、涙を拭いたのび太の目に、天井で作業をするドラえもんの姿が飛び込んできた。

「ん？　そんなところで何しているのさ、ドラえもん？」

「ああ、道具の点検。床はちらかってるから、『重力ペンキ』を使って天井を下にしてるんだ」

「へえ、たくさんあるね」

　のび太はそう言ってうれしそうにペンキが塗られている壁を伝って天井に上がってきた。

「のび太くん、勝手にいじらないでよ。壊れてないかどうかテストしてみるのに出しただけなんだから。……って、言ってるそばから〜っっ！」

のび太はドラえもんの言葉をまったく聞いていない様子で道具を物色すると、棒状のものを持って立ち上がった。

ドラえもんはあわててのび太のさわっていた棒状の道具を取り返す。

「それ何？」

「これは『ワスレンボー』。これでたたくと、少し前からのことを忘れちゃうんだ」

「えーっ！　さっきそれでママをたたけば、あんなに怒られなくてすんだのに～！」

そののび太の言葉を聞いて、あわててドラえもんはワスレンボーを四次元ポケットに隠した。

「そんなことのために貸すわけないでしょ！」

「いや、そんなこと言わないで今度貸して」

「ダメだよ、今からそんなこと言ってちゃ。二学期で0点取らないようにがんばればいいんだよ」

のび太が暗い顔になってうつむいた。

「それじゃダメなんだよお！」

天井から床に下りたのび太は、机の引き出しのそのまた奥から答案用紙の束を引っ張り出した。

「うぎぎっ、とりゃ！　これっ！　まだこんなにあるんだあああ！」

「ありゃりゃ〜、これはまたずいぶんとため込んだな」

ドラえもんが一枚ずつめくって確かめると、それはすべて0点の答案用紙だった。

何枚も何枚もある。

「一枚見つかっただけであれだよ。これがもしママに見つかったら……」

想像したドラえもんが顔を引きつらせた。

「うわあああああ」

「でしょぉ」

「うん、想像しただけで震えてくる」

「ねっ！　お願い!!　さっきの道具貸して。ダメなら、この四次元ポケットに隠して！」

「そんなのダメだよ〜」

悲しそうな顔ののび太がドラえもんにしがみついた。

「そんな、お願いだってばぁ」

そのときだった。机の引き出しのちょうど真ん中あたりが静かに光り始めた。

そしてそこから小包状のものが出現してのび太の頭に当たり、床に落ちた。

「未来デパートからだ」

頭をさするのび太の横で、ドラえもんは小包を床から拾う。

「なんだいそれ？」

よく見ると、そこには「未来デパート試供品」と書かれていた。

「こうやってときどき、お試し用の新製品が届くんだよ」

「へえ、そうなんだ」

ドラえもんは説明書を詳しく読み始めた。

「えーと、なんだって『入れかえロープ』？」

その間に、ちゃっかりのび太はロープを持ち上げていじっている。

「って、また勝手に！」

ドラえもんがのび太からロープを取り上げようとすると、ちょうど、のび太とドラえもんがロープの両端を持った形になった。

「入れ替えます」

「うわっ‼」

突然ロープから声がして、のび太とドラえもんの体がビクっと震えて光り始めた。

「うわっ、うわっ、うわっ、うわっ」

「うわ……」

のび太の視界は急速に縮んでいくと、細いチューブの中を進んでいった。

その視界はロープのねじれに沿ってぐるぐると螺旋状にめぐりながら、ドラえもんが持っているロープの反対側を目指して移動していった。そしてドラえもんの手に到着すると、そこからドラえもんの体の中に吸収されるように広がっていった。

「入れ替え完了しました」

ロープの声で気がつくと、目の前にはなんとびっくりしたようなおもしろがっているような顔をしたのび太自身が立っていた。

「うわあなんだこれ、変なの」

のび太が思わずつぶやいたその声はドラえもんの声だった。

目の前ののび太の姿をした者が、のび太の声で、でも話し方はドラえもんそのもののの言い方でこう宣言した。

「両端を持った人の意識が入れ替わるのか」

どうやら、のび太の体に入っているのはドラえもんらしい。

つまりのび太の意識はドラえもんの中に、ドラえもんの意識はのび太の中にそれぞれ入ってしまったのだ。

「ぼく、ドラえもんになっちゃった」

のび太はなんだか不思議な感じがした。目の前には自分自身が物珍しそうに手を握ったり開いたりしている。

のび太も今しかできないことをやってみようと考えた。しばらく考えて、のび太はまず尻尾を振ってみることにした。

確かにそれはドラえもんのボディでしかできない体験だ。

やってみると、なんだかおしりのあたりがむずかゆい。不思議な感じだ。

続いてのび太はお腹を見下ろしてみた。そうかドラえもんのお腹は上から見るとこんな感じなんだ。

まん丸の手で机の上にあったボールペンを持ち上げると、それはすいっと磁石のようにくっついた。なんだか楽しい。

「ふむふむ、なるほど、もう一回持てば……」

のび太の姿をしたドラえもんがロープを差し出してきた。まだもう少しドラえもんになっていたかったけど、とりあえずもう一度ロープの端を手にした。

「元に戻します」

ロープの声とともに、のび太とドラえもんの体が光り始めた。

またあの狭いチューブを通っていくような不思議な感覚に襲われ、気がつくとちゃんとのび太はのび太本人の体に逆戻りしていた。

「この通り」

「へーーっつ、あっ」

のび太はそう言って、床に散らばった0点のテストを両手に一枚ずつ拾い、急にモジモジし始めた。

「あのさ、もう一度入れ替わって、ママに怒られてくれない？」

「無茶言うな」

「やっぱりダメか……」

そのときだった。

ふいに光がのび太の頭に直撃し、のび太の体は青白く輝くと、直立でぴょんと跳び上がってその場に倒れた。

「わーーーっ！　のび太くん、のび太くん、のび太くん‼」

白目をむいて倒れているのび太にドラえもんが駆け寄ると、のび太がまぶたをぱちぱちして目覚めた。

「こういうことか……」

そして今まで入れかえロープでもう一度入れ替わってくれと頼み込んでいたことがまるでなかったかのように突然立ち上がると机の引き出しを開けた。

「あっはっは！　大成功！」

あまりに急激なのび太の変化に驚いたドラえもんは聞いた。

「大丈夫なの？　のび太くん」

「大丈夫大丈夫。早く行かないと！　ちょっとぼくらを助けに行ってくる！」

「ぼくらって？」

「ぼくと君、ドラえもんさぁ」

のび太はまるでわけのわからない言葉を残すと机の引き出しを開け、タイムホールに降りていった。そう、のび太の机の一番大きな引き出しはタイムマシンが行き来するためのタイムトンネルの入り口、タイムホールになっているのだ。

「のび太くん！」

あわててドラえもんが引き出しをのぞき込むと、のび太がタイムマシンに乗って未来に向かって発進するのが見えた。

さすがのドラえもんものび太に何が起こったのか理解不能だった。なぜ急にあんなふうになって、勝手に未来に向かったのだろう。

「んもう、勝手にどこ行ったんだろう？」

悩んでいるドラえもんの目の前で再び机の引き出しが開いた。そこから夢から覚めたような顔でキョトンとしたのび太が現れた。

「わっ」

「あれ？　ぼくどうしてた？　ここにタイムマシンで送ってもらったんだけど……」

「誰に？」

「君とぼくに」

「あのね、のび太くん。何を言っているのかさっぱりわからないよ」

「だって、そういうふうに言うしか、言いようがないんだもの」

のび太は引き出しから抜け出しながら不思議そうな顔でドラえもんに言った。

ドラえもんは机の引き出しをのぞき込んだりしながらつぶやいた。

「うーん、わけがわからないな……。どこかで何かが起きてるのかも……」

しばらく考えてからのび太は言った。

「まぁでもさ、ぼくがここにいるんだから問題ないんじゃない」

「もう〜、のんきなんだから」

椅子をくるくる回しながら話していたのび太だったが、突然ぱたと動きを止めた。

「それより問題はそれ」

そう言って、ドラえもんの足元に散らばる0点の答案用紙を指さす。

「絶対バレない場所に隠さなきゃ」

のび太は引き出しからもあふれている答案用紙を、引き出しごと引っ張り出してきょろきょろし始めた。

「その努力を勉強に向けたほうがいいんじゃない」

「うるさいなあ、ドラえもんはもう」

そのとき、階下からママがのび太におつかいを頼む声が聞こえてきた。

「のび太〜っ、ちょっとおつかいに行ってきて」

「ママだ！」

ママは階段を上ってくる。

「買ってきてもらいたいものがあるのよ。んもう、返事くらいなさいよ」

のび太が引き出しを持って、ドラえもんが床に落ちたテストを拾って右往左往している後ろで、そっと机の一番大きな引き出しが開いた。

そこから「透明マント」を着けて誰からも見えなくなったもう一人のドラえもんが出てきて天井に向かった。

そして二人にバレないようにそっと「たずね人ステッキ」を四次元ポケットにしまい込み、またそっと引き出しに消えていった。

どうやら本当に何ごとか事件が起きているようだった。

ママが部屋の入り口にやってきた。

「さっきはちょっと言いすぎたわ」

部屋をのぞくとのび太とドラえもんの姿はない。

「あら？　おかしいわね。声がしてたと思うんだけど……どこに行ったのかしら？」

ママはきょろきょろしながら、一階に戻っていった。

「はーーっ」

のび太とドラえもんは止めていた息をゆっくりと吐き出した。

ママに見つからないように天井に張りついていたのだ。

「危なかったね」

「うん。あっ、いい隠し場所があった」

のび太は本棚の上に置かれていた行李に気づき、フタを開けて中にテストの束を
放り込んだ。そして同時に、行李の中にあるものを発見した。

「これで安心。ん？　これは……」

「どうしたの」

のび太が発見したもの。それは古い古いぬいぐるみのクマだった。

「ひゃー、懐かしいなぁ。小さいころ大好きだったクマちゃんだよ」

「つぎはぎだらけだね」

「おばあちゃんが繕ってくれたんだ」

「おばあちゃんがいたの？」

「ぼくが幼稚園のころ死んじゃったけどね。えーとあれは……」

のび太は天井から下りて本棚へ向かうと、そこから一冊のアルバムを取り出して広げた。

「この人だよ」

「抱っこされてるのがのび太くんだね。優しそうな人だ」

「ぼくのこと、すごくかわいがってくれてね」

のび太は幼いころを思い出していた。

思い出の中でおばあちゃんはいつも優しくのび太のことを愛情で包んでくれていた。

ジャイアンにクマちゃんを壊されて泣いて帰ったときも、「これはかわいそうだねぇ」と丁寧に繕ってくれた。

そして繕い終わると「これでクマちゃんも痛くないって」と言ってのび太を安心させてくれた。

そんなとき幼いのび太はおばあちゃんのあたたかさがうれしくて、その膝に飛びついて甘えるのだった。

そんなときもおばあちゃんは「おやおやのびちゃんは甘えんぼさんだねぇ」と言いながら背中をポンポンと優しくたたいてくれた。

クマちゃんは何度も壊されたり、やぶれたりして、その度におばあちゃんは端切れを使って繕ってくれたのでその体は至るところがつぎはぎになってしまったけれど、縫いつけられた端切れが多くなればなるほど、それはどんどんのび太の大切な宝物になっていった。

のび太の記憶の中でおばあちゃんとのさまざまなシーンが蘇っていた。

ジャイアンたちにいじめられたときも、近所の犬に追いかけ回されたときも、いつもいつもやさしく助けてくれたおばあちゃん。

「……というようなことがいろいろあってさ」

「そのころから泣き虫で甘えんぼだったんだね」

「ぼくは、おばあちゃんが優しかったという話をしてるんだ。もっと素直に聞け！」

「悪かったよ」

そんなやりとりをしているうちに、のび太の目にみるみるうちに涙がたまり出した。

「う……う、う」

「あれ？　どうしたの、のび太くん」

「……会いたい」

「え？」

のび太の目から堰を切ったようにどっと涙があふれた。こうなったらもう手の施しようがない。のび太は幼い子どものように泣きながら言い続けた。

「もう一度、おばあちゃんに会いたいよぅ」

「そんなこと言ったって……」

「そうだ！　タイムマシンで昔へ行けばいいんだ！」

のび太はハッとして立ち上がり、机のほうへ歩き出す。

「そりゃやめたほうがいい」

「どうして？」

引き出しに手をかけたところでドラえもんがのび太を止めた。

「いきなり大きくなった君を見たら、おばあちゃん、どう思う？　きっとびっくりしてひっくり返っちゃうよ」

「よくわけを話せばいいさ！」

「タイムマシンなんてわかるもんか」

「で、でも……でもでも」

のび太は納得がいかずに悩みに悩んだ。そして一つの結論を出した。

「そうだ！　遠くからこっそり顔を見るだけならいいだろ？　どこか物陰に隠れて」

「う～～ん」

ドラえもんは少し考え込んだあげく、根負けしたように答えた。

「ちょっと見たらすぐ帰るからね」

「やった～っ‼」

「さあ行こう！」

のび太は嬉々として引き出しに入っていった。もう今すぐにでも出発する気満々だ。もしかしたらドラえもんを置いて、勝手に過去に向かってしまうかもしれない。

「ちょっと待ってよ」

ドラえもんは急いで天井に向かうと、そのあたりに散乱した道具を手当たり次第に四次元ポケットに詰め込んだ。そして、天井から机の上に飛び降りて、引き出しの中に入っていった。

引き出しの中には不思議な空間が広がっていた。空間にはさまざまな大きさの輝く板状のものがランダムに浮かんでいる。

そしてその中に駐機されているタイムマシン……形状は未来型空飛ぶ絨毯といったところか。

平たい板の上に操縦装置や椅子、それに時間を自由に行き来できるタイムエンジンが装着されている。

「ぼくが三つくらいの時代へ行こう！」

「うん」

ドラえもんが運転席の操縦盤のダイヤルを七年前にセットした。

「出発するよ！」

「はいはい。わかりましたよ」

ドラえもんがレバーをぐいと押すと、空間のパネルがきれいに整列し、タイムトンネルを形作った。時間旅行の準備は完了した。タイムマシンはタイムトンネルの中を軽快に進み始めた。

目的地はのび太がまだ三歳のころ。

それがどんな大変な冒険の始まりになるのか……このとき二人はまだ気づいていなかった。

3

よく見知った、のび太の家がそこには建っていた。

いや、少しだけ違うのは、それが建てられて数年しかたっておらず、まだどこもかしこもそこはかとなく新品の気配を漂わせているということだった。

そう、ここはのび太が三歳のころの世界。

その庭の少し上空にタイムホールが開くと、そこからのび太とドラえもんが庭に転がり落ちてきた。

「イテててて。机のある部屋にタイムホールは開くはずなんだけどなぁ。少し時空がゆがんでるのかな」

おしりをさすりながらドラえもんが立ち上がると、すでにのび太はかつての野比家に興奮して走り回っていた。

「わぁい懐かしい！　昔のまんまだ。砂場もまだある！」

そして庭の角にある柿の木を見つけると、木に抱きついた。

「あッ！　柿の木！　一昨年切っちゃったんだ」

「見つかるとまずいよ。早くおばあちゃんを探そう」

「ああそうだった……。おばあちゃんがいつもいた部屋はここだよ」

ドラえもんに言われてのび太は少し顔を赤らめると、今は納戸になっている、庭に面した和室を指さした。

二人はこの時代の野比家の人々に見つからないようにそっと縁台に上がり、中をのぞく。

「いいかい。そおっとのぞくんだよ」

「う、うん」

のび太は緊張のあまり声がうわずっている。そして、音を立てないようにふすまをほんの少し開いた。

そこから片目で部屋の中を点検したのび太は拍子抜けしたような顔で振り返った。

「あれ？　いないよ。じゃあ二階かな？」

のび太たちはそっと家の中に入ると、こっそり二階に上がる。そして、今はのび太が使っている部屋のドアを開けようとした。しかしそれはひどくかたく、なかなか簡単に開こうとはしなかった。

「このドア、昔から立て付けが悪かったんだああ」

のび太が全力でドアを引くがビクともしない。

「引いてもダメなら押してみな」

ドラえもんの提案でドアをぐっと押すと、それは思いがけないほど簡単に開いた。なんのことはない。そもそもこの時代このドアは内開きだったのだ。

「グエッ！」

「きゃーーっ！」

急にドアが開いた勢いで二人が部屋の中に転がり込むと、そこには手にハタキを持ったママがびっくりした顔で立ちすくんでいた。

ママはこの部屋を掃除していたのだ。

「誰です？　あなたたち？」

「やあ、やっぱり若いなぁ！」

ママはこの奇妙な状況を一瞬忘れて、思わず喜んでしまった。

「あらそうかしら？」

「あと七年もたつと小じわだらけになるけどね」

ママはその一言で我に返った。

「なんです！　よその家へ黙って入り込んで‼」

その猛烈な迫力に二人は這々の体で外に飛び出した。

近くの路地まで逃げたのび太たちは荒い息を整えていた。

「はーっ。ぼくだってことわからないのかな？」

「わかるわけないさ」

状況は理解できるが、のび太は少しだけショックを受けた。

「おばあちゃん、どこかに出かけてるらしいや」

そのときだった。アメをなめながら一人の幼児がのび太の家に向かって歩いているのが見えた。

「あっ！　三つのときのぼくだ！」

小さなオーバーオールを着てまだ眼鏡をかけていない幼いのび太を見て、ドラえもんが微笑んだ。

「かわいいなぁ。今は憎たらしいけど」

「なんだよ」

二人が見守る中、幼いのび太は今目の前に立っているのが未来の自分だとはまるで気がつく様子もなく通り過ぎていき、角を曲がった。

そして、すぐさま今度は泣きながら今来た道を戻ってきた。さっきまで持っていたアメがなくなっている。

「うわぁぁ〜〜ん」

「どうした！」

心配になったのび太が駆け寄ろうとしたところをドラえもんが止めた。

「なんで？」

ドラえもんが無言で示す先に、これまた幼いしずかが駆けてくるのが見えた。しずかはのび太に駆け寄ると慰め始めた。

「のびちゃん、泣かないで」

「しずかちゃんだ！」

「帰って、おままごとしよ」

「シクシク」

幼いしずかがのび太と手をつないで歩き始めた。その後ろ姿を見送りながら、ドラえもんがニヤニヤとのび太を見た。

「昔からこの関係は変わっていないんだね」

のび太は顔を真っ赤にして言った。

「うるさいなぁ」

そう言いつつも、のび太はその懐かしい光景に少しあたたかい気持ちになっていた。

しかしあの角の向こうで何があったんだろう。もしかしたら……いやきっとあいつらだ。のび太とドラえもんはのび太のアメがなくなった原因を探るべく、角を曲がった。

案の定そこでは、すでにジャイアンらしい特徴をすべて備えた幼いジャイアンと、同じくすでに生意気な雰囲気を十二分に発揮している幼いスネ夫が三歳ののび太から取り上げたアメを代わる代わるなめていた。

「やっぱりのび太は泣き虫だな」

「ははは」

のび太は怒った顔で幼い二人のほうへ近寄っていった。

「ジャイアン、スネ夫〜っ」

幼いジャイアンたちが見上げると、そこに怒りに燃えた少年ののび太が立っていた。

「よくもぼくをいじめたな？」

わけもわからずのび太を見上げる幼いジャイアンとスネ夫に、のび太は一発ずつげんこを食らわせた。幼い二人は突然の衝撃に一瞬キョトンとしたあと、たまらず泣き出した。

やはりジャイアンやスネ夫とはいえ、まだたった三歳なのだ。小学生からの突然のげんこになすすべもなかった。

ギャンギャンと泣きながらその場に立ちすくんでいる。

それを満足そうに眺めているのび太を見て、ドラえもんはつくづく情けなくなった。

「よせよ！　そんな小さい子を」

「こいつら、昨日も学校で、ぼくを突っ転ばしたんだ！　さっきだってぼくを殴ろうとしたし」

「昔と今をごっちゃにしちゃダメだい」

そのあまりの分別のなさにドラえもんはため息をついた。

不服そうな顔でまだブツブツ言っていたのび太だったが、何かを見てその顔が急に変わった。

「どうしたの」

のび太は震える手で遠くの一点を指さしている。

「お、おおおお」

ドラえもんもその指が何を指しているかを確認すると、うれしそうに声を上げた。

「ああ！」

「お、おばあちゃん！」

確かにその先にはあの古いアルバムの写真の中で微笑んでいたおばあちゃんがゆ

っくりと歩いていた。

のび太は感動のあまりそのままフラフラとおばあちゃんのほうに歩き始めた。

「ああ、もう。のび太くんったら！　あんなにそっと見るだけって約束したのに」

のび太はおばあちゃんの後ろについて歩き始めた。そして涙を飛び散らせながらおばあちゃんを指さす。

「生きてる！　歩いてる！」

我慢しきれなくなって大声で叫んでしまったのび太をおばあちゃんが不思議そうに振り返った。

「坊や、どうかしたのかい？」

「しゃべったぁああ！」

そこにあわててドラえもんが割って入ると、きりっとした顔で答えた。

「なんでもないんです」

「そうかい。それならいいんだけど」

おばあちゃんが立ち去るのを待ってドラえもんがのび太に釘を刺した。

「物陰からこっそり見るだけって約束したろう」

「ごめんね。ついうれしくって。でもよかった。生きているおばあちゃんに本当に会えたんだね」

「もう気がすんだだろ？」

「うーん…もう少しだけ」

やれやれとドラえもんは思ったが、こんなにうれしそうにしているのび太も久しぶりだなと思って、もう少しだけつきあうことにした。

4

おばあちゃんのあとを追って、野比家の玄関まで来てみると、玄関口に腰かけた幼いのび太がしずかとおままごとをしていた。

「パパはかいちゃへ行ってくるからね」

「いってらっちゃい、あなた。はい、お弁当」

幼いしずかが、のび太にバナナを手渡す。

「ありがとう」

そこにおばあちゃんが帰ってきた。

「おやおや、のびちゃん、しずかちゃんと仲良しさんだねぇ」

「おばあちゃん！」

幼いのび太は玄関口から外に出てきて、おばあちゃんにまとわりつくようにしながら見上げた。

「おばあちゃん花火買ってきてくれた？」

おばあちゃんの顔が申し訳なさそうに曇った。

「ごめんよ。町中のおもちゃ屋さんを探したんだけどね、花火は夏しか売ってないんだって」

幼いのび太の顔がみるみるうちにくしゃくしゃにゆがんだ。そしてさっきまでとは比べものにならないくらいの大声で泣き出した。

「いやだい！　いやだい！」

「ごめんよぉ」

一緒に外に出てきていた幼いしずかが怒った。

「わがまま言っちゃダメよ！」

しかし、幼いのび太は聞く耳を持たず、地団駄を踏んで怒っている。

「花火が欲しいんだい‼」

「そうだねえ、ごめんよお」

「うるさい！　おばあちゃんきらい、あっち行け！」

おばあちゃんはそれでもニコニコしながら玄関に入っていった。

「はいはい」

おばあちゃんがいなくなるとしずかがのび太を冷たい目でにらんでいた。まだ三歳とはいえ、こういうときのしずかは怖い。

「わたしもそんなのびちゃんきらい！」

そして顔をぷいっと背けると、しずかはその場をさっさと立ち去ってしまった。

そのことが気に入らず悲しくて、幼いのび太はさっきよりさらに大きな声で泣き叫んだ。

それを愕然としながら少年ののび太が眺めていた。

「おばあちゃんになんてひどいことを！」

「まあ君がやったんだけどね」

「ぼくだから余計許せないんだよ」

のび太はつかつかと幼いのび太のところに向かうと怒鳴った。

「こらぼく！　おばあちゃんをいじめるな！」

幼いのび太は突然現れた知らない少年に怒鳴られた驚きで一瞬泣きやんだ。そしてさらに激しく悲鳴のような声で泣き叫び始めた。

その騒ぎに家の中からママが飛び出してきた。

「あらあら、なんです？　あなたたち！」

「ひゃっ！」「うわっ！」

「どうしてうちののび太をいじめるんです？」

少年ののび太は焦った。何一つ合理的に説明ができないことに思い至ったのだ。

「あ、あのですね……これには深いわけが……」

「わけ？」

ママが続く言葉を待ってじっと少年ののび太を見ている。

もうこうなったら仕方がない。のび太は思いきって事実を告白することにした。

もしかしたら親子の直感でわかってくれるかもしれない。

「じ、実はぼく、のび太なんだ！」

ママは一体全体この子は何を言い出したのかと混乱した。

のび太は、今自分の膝にしがみついているこの幼い我が子だ。この小学生くらいの少年がのび太のはずがない。

それなのになぜこの子は自分のことをのび太だなんて言い出したんだろう？

もしかしたら、この子ものび太という自分の子と同じ名前なのかもしれない。でもだったらなぜ、今ここでそのことを高らかに宣言する必要があるのだろう。

そもそもまったく知らないこの子がのび太の名前を知っているのも気味悪かった。

この子はいったい何をしようとしているのだろう。

そこまでを母親らしい危機管理能力で一瞬にして考えると、ママは諭すように言った。

「あのね坊や。のび太はこの子よ」

「いや、いやそうじゃなくて未来のぼく……、タイムマシンで……」

困った。この子はさらにおかしなことを言い出したぞ。こんな子に対処する方法はただ一つだ。とにかくのび太を守らなくてはいけない。

それにはこの子との会話をできるだけ早く中断して家に逃げ込むのが得策だろう。

ママはそう判断して、散らばっているおままごとの道具を拾い、幼いのび太をかばいながら玄関へ向かった。

「かわいそうに……頭がおかしいのね」

ガチャリと音を立てて閉められた玄関の前で取り残された少年のび太が寂しそうな顔でたたずんでいた。

ドラえもんが寄ってくると、ぽんと少年のび太の肩をたたいた。

「それみろ信じてくれるわけがない。もういいだろう。おばあちゃんも見られたし、さ、帰ろう」

そう言ってドラえもんはタイムホールに入っていった。タイムマシンに乗り込むと、操縦盤が開いて起動し始める。

のび太も一旦は帰ろうとタイムホールに入った。しかしどうしてもこのまま帰るのはいやだった。このなんだかやるせない気持ちを消したい。そのために、おばあちゃんにもう一回だけ会いたい。

「それじゃ、出発するよ」

そうドラえもんが言った瞬間、のび太がタイムホールから飛び出していった。

「もうひと目だけ！」

「あっ、もーう」

ぼやきながらもドラえもんは、なんとなくのび太の気持ちがわかる気がしたこともあって、もう少しだけタイムマシンで待つことにした。

再び野比家の庭に戻ってきたのび太は今度こそ見つからないようにそっと歩いていた。

さっきの騒動のあとだ。ママには完全に疑われてしまっている。

今度見つかったら、それこそ大変なことになるだろう。

わかってはいたけれど、おばあちゃんをもう一度見ずに帰るなんてことはのび太にはどうしてもできなかった。ドキドキしながらのび太は歩き出した。

すると、家の奥から出てきた幼いのび太と遭遇した。こういうときののび太のツイてなさは天下一品なのだ。

再び現れた見ず知らずの少年に、幼いのび太は得体の知れない恐ろしさを覚え、顔をゆがめた。

「あっ！　さっきの変な子がいる！　ママ！」

「！」

「えーっ！　本当にまたあの子がいたの？」

今度こそママは、それこそ警察にでも通報しかねない。パニックになった少年のび太は思わずおばあちゃんの部屋に向かった。

さっき侵入したとき誰もそこにいなかったことを覚えていたのだ。

のび太がそっと障子を開けると、そこにはなんと、おばあちゃん本人が座っていた。

考えてみれば当たり前だ。おばあちゃんは外出から帰ってきたのだから。

絶体絶命。のび太は観念した。もうどうしようもない。

なんとか隙を見てタイムホールに逃げ込もう。きっと今の自分を、おばあちゃんは勝手に家に上がってきた変な子どもとして記憶にとどめるのだろう。それがのび太には悲しかった。

でもそれは、わがままを言ってズルズルと出発を延ばした自分が悪いのだ。

幼いのび太に手を引かれてママが庭に駆けてきた。

「またうちに来るなんて、やあねえ」

「こっちこっち」

「いったいどこの子かしら？」

あの子がどういう理由でこの家の中にまで入ってきてしまったのかはわからないけれど、こうなったらなんとかするしかない。

不安そうな顔の幼いのび太とママは、おばあちゃんの部屋の前までやってきて、中をのぞき込んだ。

「おばあちゃん、ここに変な子が来ませんでした？」

「いいえ」

おばあちゃんは特段驚いた様子もなく、ニコニコと裁縫を続けていた。

幼いのび太は「あれーー？」と言っておばあちゃんの部屋を見回すが、おばあちゃんのほかに誰かいる気配はない。

「どこに隠れたのかしら……交番に届けたほうがいいのかしらねぇ」

そう言って、ママと幼いのび太はそのまま庭を歩いていった。

おばあちゃんの部屋では、ごそごそと押し入れのふすまが開き、中からのび太が姿を現した。

「ありがとう」

おばあちゃんは、のび太に声をかけるでもなく、クマのぬいぐるみを手に取って
それを繕い始めた。

のび太は不思議に思った。なぜおばあちゃんは自分のことをこうも不思議がらず
に受け入れてくれたんだろう。

「おばあちゃんはぼくのこと怪しまないの？」

「いいえ」

のび太はなんだかうれしくなった。この人はこの世に悪人なんていないと心から
思っているようだった。のび太がどんなに怪しく登場しても信じて疑わないのだ。

そう、それこそがおばあちゃんだ。

「……おばあちゃん、のび太くんがかわいい？」

「ええ、ええ、そりゃもう。いつまでもいつまでもあの子のそばにいて世話してあ
げたいけど、そうもいかないだろうね。私ももう歳だから」

のび太の目に涙が浮かんできた。

「そんな寂しいこと言わないで」

「せめて小学校へ行くころまで、生きられればいいんだけどね。ランドセル背負っ

て学校へ行く姿……ひと目見たいねー」

その言葉を聞いて、のび太は涙をぬぐってじっとおばあちゃんのことを見つめた。

そしてあることを思いついた。これこそきっと自分がこの時代に来て、おばあちゃんに会いたいと思ったその理由なんだと思えるほど、その思いつきはのび太にとってすばらしいものに思えた。

「ちょっと待ってて！」

のび太はおばあちゃんの部屋を勢いよく飛び出していった。

5

「いつまでかかってんだ、まったくもう」

タイムトンネルで待機していたタイムマシンの上では、ドラえもんが落ち着きなくのび太の帰りを待っていた。

すると、タイムホールからのび太が顔を出した。なんだかあわてている。

「ドラえもん！　ランドセル！　ランドセル！」

「何？　ランドセルって」

「取りに戻りたい！」

のび太はそう言って、タイムマシンに乗り込んできた。

「はあーーっ、やれやれ」

数分後、おばあちゃんの部屋にランドセルを背負ったのび太が駆け戻ってきた。タイムマシンで往復してランドセルを取りに行ってきたのだ。

「あらまぁ」

誇らしげに自分の姿を見せながら、のび太は重大な事実に思い至った。自分がのび太であることを知ってもらわなければ、おばあちゃんにとってこの姿はなんの意味も無い、ただの知らない子のランドセル姿だ。

のび太は賭けに出た。ほとんど勝ち目のない賭けだったけれど、もしかしたらおばあちゃんならわかってくれるかもしれない。

「信じられないかもしれないけれど、ぼく、のび太なんです」

言ってしまってからのび太は激しく後悔した。タイムマシンなんて影も形もないこの時代に、おばあちゃんがこの状況をすんなり理解できるはずがない。

それでも言ってしまったからにはそれがどういうことなのか、おばあちゃんに説明しなければならない。

きっとおばあちゃんは混乱しているだろう。そう思ってうつむいた顔を上げると、おばあちゃんはニコニコと微笑んでいた。

そして信じられない言葉を口にした。

「やっぱりそうかい。さっきからそんな気がしてましたよ」

「信じてくれるの？　疑わない？」

「誰がのびちゃんの言うことを疑うものですか」

のび太の胸に懐かしいあたたかいものが流れた。

さすがだ。やっぱりおばあちゃんは自分の覚えていたおばあちゃんそのものだった。どんなときでも信じてくれる。やっぱりおばあちゃんは最高だ！

「おばあちゃん！」

のび太はすっかりうれしくて懐かしくておばあちゃんの膝に幼いころのようにすがりついてしまった。

その背中を昔のようにおばあちゃんがポンポンしてくれた。

「おやおや、甘えんぼさんだねえ」

「……」

のび太は涙で言葉にならなかった。

遠くからでもいいからひと目見たいと思っていたおばあちゃん。

それがこんなふうに膝にすがりついて、子どものころのように甘えられた。もう思い残すことはない。この思い出を抱きしめて、自分の時代に戻ろう。

そうのび太が思ったとき、おばあちゃんがニコニコしながら言った。

「のびちゃんの小学生姿を見たら欲が出ちゃったよ」

「えっ？」

なんだろう…でもそれをかなえてあげられたらどんなに素敵だろう。ずっと甘えるだけだったおばあちゃんに恩返しができるかもしれないのだ。

「あんたのお嫁さんをひと目見たくなっちゃったねぇ」

……なかなかハードルが高いお願いだった。

のび太はまだ小学生だ。

普通だったら到底かなえられない願いだ。

だがのび太には最強の友だちがいる。

あのドラえもんの力を借りれば、やってやれないことはない。

のび太は決意した。こうなったらとことんやってみよう。

「わかったおばあちゃん、お嫁さんに会わせてあげる。ちょっと待っててね」

そう言ってのび太が部屋から出てくると、庭でドラえもんが腕組みをして待っていた。

「のび太くん」

「ドラえもん！」

「話は聞いていたよ」

「よかった、それじゃ、おばあちゃんを未来に……」

「大丈夫なの？　そんな約束しちゃって」

「えっ……？」

「また未来が変わっているかもよ」

「えっ、だって前に見に行ったろ？」

「でも何かのはずみでのび太くんがしずかちゃんと結婚できないことだってないとは言えない」

のび太は青ざめた。

『まさかまさか……もう決定事項だと思っていたしずかちゃんとの結婚。それがまだ変わるかもしれないだって？』

「えーーっ！　そ、そうだ。『タイムテレビ』……タイムテレビ出して！」

「はいはい、よいしょっと」

ドラえもんは、四次元ポケットからタイムテレビを出して地面に置いた。そして、映し出す場所と時間を操作する。

「えーと、確か、プリンスメロンホテルだったな」

「大丈夫かなあ」

不安げなのび太の目に、どアップで大人のび太の顔が飛び込んできた。

そして「ＣＡＬＬ」という文字が点滅する。


「ダメだ……つながらねえ……」

大人ジャイアンの声で、さっきの映像が大人ジャイアンの携帯電話の画面だったことがわかった。

「いいかげん、来ないとマズいんじゃないの？」

大人ジャイアンの横で携帯をのぞいていた大人スネ夫も心配げな声を上げている。

「何やってんだよ、のび太の野郎」

「あー、やっぱり」

「二日連続で遅刻だね……」

「我ながら情けない」

タイムテレビを見る二人は残念な気持ちで、事の様子をうかがっている。

「このまま来ないってことはねえだろうな？」

プリンスメロンホテルの前で、大人ジャイアンは携帯電話をポケットにしまいながら、大人スネ夫に同意を求めた。

「聞いたことあるよ、当日怖くなってさ、逃げ出しちゃうって話……」

「ははは」

「まさかね……」

縁起でもないことを言う大人スネ夫の声に、モニターで成り行きを見守っていた二人も本気で心配になってきた。

そのとき、おばあちゃんが部屋から出てきてのび太に声をかけた。

「のびちゃん、のびちゃん、大丈夫かい？」

のび太とドラえもんはびっくりして振り返った。

「おばあちゃん！」

「こんにちは。ぼく、ドラえもん」

「はい、こんにちは」

「ド、ドラえもんが連れてきてくれたんだよ」

あわててのび太がドラえもんを紹介するが、おばあちゃんは驚くこともなく、おばあちゃんなりの解釈ですんなりとドラえもんを受け入れてくれた。

「そりゃ。ありがたいタヌキさんだね」

「ははは」

「タヌキじゃないんだけどな……」

ずっこけるドラえもんを置いて、のび太はおばあちゃんのほうへ行き、なだめるように縁側に座らせた。

「おばあちゃん、もうちょっとだけ待ってて。すぐにお嫁さんに会わせてあげるからね」

「大変なことになってないかい？　おばあちゃん、無理なお願いしたんじゃ……」

「平気平気、ちょっと、ほんのちょっとだけ時間が欲しいだけなの。全然たいしたことじゃないんだ」

「そうなのかい。それじゃ、ゆっくりでいいからね」

「うん」

「おばあちゃんは、ここで待ってるから」

少しホッとした表情のおばあちゃんに手を振って、のび太はドラえもんのいるほうに戻っていった。

6

のび太とドラえもんは、決意も新たに、未来に向かってタイムマシンを起動した。

向かう先は、結婚式当日。さっきタイムテレビで見たまさにその日だ。

「急いで結婚式を見に行こう」

「なにしろ君のことだからね。何をしでかしてるかわかったもんじゃない」

「心配だなあ」


「おっとっと」

公衆トイレの個室にタイムホールが開き、のび太が便座の上にバランスを崩して降りてきた。ここは未来の公園。のび太の家のあった一帯は数年前に施行された大規模な都市計画の影響で公園になり、野比家は近くのマンションに引っ越した。

かつてのび太の勉強机の引き出しがあったところが、まさに公衆トイレの個室の天井付近なのだ。

のび太は個室を出ると、出口に向かう。遅れてドラえもんも出てきた。

「のび太くん、早く行こう」

「うん」

二人は、ドラえもんのかけ声とともに走りながらタケコプターを装着すると、空中に舞い上がった。

そのとき、トイレの別の個室から水の流れる音がして、黒いタキシードを着た男がため息をつきながら出てきた。そして、奥の個室から光がもれているのに気づくと、吸い寄せられるように近づいていった。

雨の中、ドラえもんたちがタケコプターで未来の街を飛んでいると、さまざまな空間デジタル広告の向こうに大きなホテルが見えてきた。

「あれだ、あれ」

「プリンスメロンホテル！」

大人になったのび太は今日この大型ホテル、プリンスメロンホテルの式場で結婚式を挙げることになっていた。

実はドラえもんとのび太はこの世界の〝昨日〟つまり結婚前夜には来たことがあるのだ。

そこで日付を一日間違えて、大あわてで式場にやってきてしまった青年のび太を目撃したり、思い出とともにしずかを送り出すしずかの父親の愛情に触れたりしたのだった。

しずかの父親は結婚前夜に『恩返しができていない』と悩んで結婚をやめると言い出したしずかを『君はぼくたちにすばらしい贈りものをくれたんだよ。それは君が生まれてきてくれたことだ』と優しくたしなめてくれた。

そしてのび太のことを『彼は人の幸せを願い、人の不幸を悲しむことができる』と太鼓判を押してくれたのだ。

それを聞いた記憶は少年ののび太を通じて、青年のび太にも伝わっているはずだ。

それはきっと青年のび太に大きな自信を与えてくれているに違いない。

そんな結婚前夜の出来事も少年ののび太にとっては数ヶ月前の思い出だった。

つまりのび太たちにとっては少し懐かしくさえなっているあの結婚前夜の〝翌日〟……それが今いるこの時間なのだ。

のび太はタイムトラベルというものはやっぱり不思議なものだなと感じていた。

「あそこに隠れよう」

プリンスメロンホテルの入り口にたどり着いたのび太とドラえもんは、さっそく誰にも見つからないように大きな柱の陰から、青年のび太を探した。

もうそろそろ結婚式は始まるはずだ。のび太といえどもさすがに当日は結婚式には遅れてこないだろう。しかも昨日一回予行演習をしているのだ。

遠くに大人のスネ夫とジャイアンがいたので、そっと近寄ってみた。二人とも腕時計を見ながらひどくイライラしていた。

「もしかしてホテルの中で迷っているかも」

「そうだな、探しに行こう」

のび太をいやな予感が襲った。タイムテレビで見たとおり、青年のび太は式場に到着していないのかもしれない。

「追っかけよう」

「うん」

お互い顔を見合わせて走り出そうとしたのび太とドラえもんは、大人スネ夫の声で立ち止まった。

「しずかちゃん！」

「えっ！」

大人しずかがウエディングドレス姿で大人スネ夫と大人ジャイアンのほうに向かってくるところだった。

「きれい……」

思わず、のび太は声をもらす。

「じっとしてられなくて……」

大人しずかは、大人ジャイアンと大人スネ夫のところに来ると、困ったような顔をした。

「おれたちに任せとけって」

「でも……」

そのとき、しずかの両親とのび太の両親もホテルの玄関にやってきた。

「のび太くんは？」

しずかのパパが心配そうにたずねるが、大人しずかは首を横に振った。

「すみません、しずかさん……、お父様もお母様も」

のび太のパパが平謝りに謝っていた。

「いえいえ、しかし心配ですな」

そのとき、雨がどんどん強くなり、のび太とドラえもんのいる場所からは会話が聞こえづらくなっていた。

「もっと近くで聞こう」

のび太とドラえもんは、透明マントを身につけて、大人しずかやパパたちのいるところまで近づいていった。

「ホントに何してるんでしょう。あの子、私たちより早く出たんですよ」

のび太のママがしずかを気遣いながらもおろおろしている。

「事故にあったとかじゃなければいいんですが」

「あの子……おっちょこちょいだから……」

「今のところ、このあたりで事故があったというような話はありませんね」

しずかのパパが情報端末にもなっている携帯電話をチェックしながら言った。

「本当にどうしちゃったのかしら、のび太さん……」

パパの話を聞いてしずかは少しホッとしたようだったが、すぐに寂しげな表情になった。

そのとき、その場にいてずっとモジモジしていた式場のマネージャーが口を開いた。

「あの〜、大変申し上げにくいのですが、お時間のほうがもうそろそろ……」

「あわわわわっ」

のび太とドラえもんは青ざめた。

「野郎、なんで来ねえんだ」

「やっぱり……自信なくして逃げたんじゃないか」

悔しそうな顔をした大人ジャイアンと思い詰めた表情の大人スネ夫に、大人しずかが毅然と言った。

「そんなことない……のび太さんは必ず来ます」

大人しずかの迫力にその場の全員がたじたじとなって重い空気が流れた。

しかし、大人しずかにそこまで言ってもらえたにもかかわらず、相変わらず青年のび太は式場に現れない。

のび太はいても立ってもいられなくなった。

「えっ、なになに？　どういうこと？　みんな黙っちゃって！　結婚式は中止なの？　なんとかしてよ、ドラえもん！」

のび太に激しく揺すられて困った顔のドラえもんはとっさに答えた。

「あわわわわわっ、君が代わるしかないんじゃないの⁉」

「えっ？」

ドラえもんは、たじろぐのび太を気にもせず、「タイムふろしき」をポケットから出す。

「前にもこれを使って、大人のフリしたろ？」

「ムリムリムリムリ」

のび太はタイムふろしきをかけようとするドラえもんからとっさに逃げ出した。

「君にしかできないよお」

「ムリだって」

式場の案内板の周りで反対側から回り込んできたドラえもんにのび太はぶつかり、つかまってしまった。そしてその拍子に透明マントが解除され、すかさずドラえもんがタイムふろしきをかぶせる。

「それっ！」

ふろしき包みがだんだんふくらんでいき、中から大人になったのび太が現れた。さらにドラえもんがカメラ状の道具で撮影すると、のび太はタキシード姿に変わった。中に入れたカードの絵に合わせて衣装を作り替えてくれる道具「着せかえカメラ」の力だ。

「うへっ」

「ほいっ」

ドラえもんが戸惑っている大人の姿になったのび太の背中を押した。

「結婚式のことなんてわからないよ〜」

のび太は、すかさずドラえもんに泣き言を言ったが、その姿を奥にいる一同に気づかれてしまった。

「のび太さん！」

「はっ！」

大人しずかに呼ばれて、オロオロしながらのび太は、家族たちのほうへ歩いていった。

「のび太！　何やってたの、こんな時間になるまで」

「ご、ご、ごめん」

心配したママにも問い詰められるが、答えようがない。

「大丈夫？　のび太さん、何があったの？」

のび太は、あらためてこれから妻になる女性の姿を見た。その花嫁姿の大人しずかは、のび太を一瞬黙らせるのに充分な美しさと愛らしさを備えていた。

心臓がドコドコと音を立てて鳴っている。多分顔は耳まで赤くなっているに違いない。ひと目見ただけで、こんな状態になるなんて……こんな状況で結婚式なんて耐えられるのだろうか。早く静まれぼくの心臓！　とのび太は心から願った。

「……い、いやあ、あのう……道を……そう、道を間違えちゃって……」

とっさに言い繕ったのび太の言葉に、そこにいた人々が申し合わせたように一斉にため息をついた。

皆同じことを考えていたのだ。

「はあ〜〜っ」

「やっぱり……のび太だ」

7

チャペルでは厳かに結婚式が執り行われようとしていた。

青年姿ののび太は、不安そうに左右をきょろきょろしながら立っている。

「おい見ろよ、くっくっく。のび太のやつ、ガチガチじゃねえか」

その姿を、大人ジャイアンがニヤニヤしながら見ていた。

「うまくできるかなあ」

不安げなのび太の耳の後ろでドラえもんの声がした。

「ぼくがついているからね」

ドラえもんは式が始まる前に透明マントを脱ぎ、光を当てると当たったものが小さくなる道具「スモールライト」で米粒くらいに小さくなって、のび太にくっついていたのだ。

「やっぱり心配だなあ」

するとそのとき、新婦入場の音楽が流れ始めた。

「ほら、始まるよ」

会場のドアが開いてパパにエスコートされた大人しずかがチャペルに入ってきた。

一歩一歩花嫁姿の大人しずかがのび太に近づいてくる。

吐く息がみっともないほど震えてのび太は自分がいかに緊張しているかに気づいた。

心音が大人しずかが近づいてくる度にオクターブずつ音程を上げているようだ。

「のび太くん。しっかり！」

耳元でドラえもんがささやいてくれるおかげで、のび太はなんとか意識を保ち続けることができた。

それくらいウエディングドレス姿の大人しずかは最高だった。

のび太にお辞儀をするしずかのパパに情けない声でのび太は小さくうなずくと、大人しずかとともに、牧師さんの前に並んで立った。

「のび太さん、あなたはしずかさんと結婚し、健やかなるときも病めるときも、生涯愛し合うことを誓いますか？」

「……」

のび太は、緊張のあまり頭が真っ白になっていて答えることができずにいた。

牧師さんは咳払いをしてもう一度問う。

「のび太さん、誓いますか？」

「大丈夫？」

「……」

大人しずかが心配してのび太の顔を見た。

まったく反応できないのび太にドラえもんが声をかけた。

「のび太くん！　あ〜、頭真っ白になってる。どうしよう。あっそうだ」

ドラえもんはのび太の耳の後ろから耳の中に降りていった。

「それっ！」

「うひゃい、うひゃっひゃっひゃっひゃっひゃっひゃっひゃっ」

のび太はくすぐったくて笑い出したが、すぐに赤くなって、大人しずかに謝った。

「あっ、ごめん」

「ふーーーっ。もう大丈夫だね」

ドラえもんの機転に少しリラックスしたのび太は、牧師さんに答えた。

「誓います」

すると、牧師さんが二つの指輪が収まった台を手にして言った。

「それでは、指輪の交換をしてください」

のび太は誰にも聞こえないように注意しながら、ひそひそ声でドラえもんに聞いた。

「ぼくがやっちゃっていいのかなぁ?」

「本人が来ないんだからしょうがない」

のび太は困った顔を浮かべたが、とにかく代役をやりきるって決めたのだと思い直し、大人しずかの左手薬指に結婚指輪をはめてあげた。

その手に触れたとき、のび太の心臓はひときわ大きく鼓動した。

そして、なんとかその重大儀式を乗り越えたと思ったら、牧師さんがとんでもないことを言い出した。

「では誓いのキスを」

ちょっと待ってくれ。このおじいさん、何を言い出したのだ。
手に触れただけでこのドキドキなのに、キ、キ、キスだって？
絶対に心臓が止まる。
見ると大人しずかは静かに目をつぶって待っている。
のび太は小声で襟元のドラえもんに助けを求めた。
「どどうしようったってええとえええと」
ドラえもんもまったくの役立たずになっていた。
青年姿ののび太の顔はすでに耳までどころか、首から上は全部真っ赤になっていた。
どうしたのだろうとしずかが目を開いた。
のび太はその瞳に青年姿の自分が映っているのを見た。
ここでのび太の脳は完全にオーバーヒートしてしまった。
そして、この大変な局面は自動的に解決した。
のび太が顔中から湯気を出しながら、卒倒したのである。
「の、のび太さん」

8

「誓いのキスで卒倒ってさあ」

控え室で大人ジャイアンがのび太の顔をあおいでくれている。

「だって、人前でだよ」

「まあ、のび太らしいっていうか」

大人スネ夫がからかう。

「小学生かよ」

のび太は『悪かったな、小学生だよ』と言いたかったがそれはのみ込んだ。

そこに大人のしずかが戻ってきた。

「のび太さん、大丈夫？」

「うん、もう平気。ごめんね」

「みんな大受けだったわよ。のび太さんらしくていいんじゃない」

「えへへ」

「喜んでんじゃねえよ」とすぐにジャイアンの鋭い突っ込みが入る。

「じゃあ披露宴は予定通りできそう？」

「うん、大丈夫」


披露宴が始まった。

プリンスメロンホテルの屋上にある披露宴会場の自慢のガラスドーム天井は透明にもできるし、映像も映し出せる特殊構造になっている。

今日の天気はあいにくの小雨模様だったが、ガラスドームには晴れた空の映像が映し出されていて、陽光まぶしい、祝福ムードにあふれた世界をつくり出していた。

「うひょー、これ全部食べていいんだね」

おいしそうな料理が並ぶ華やかなテーブルに、のび太は興奮を隠しきれずにいた。

「まったく、さっきあんな騒ぎを起こしておいて、のんきなんだから！」

耳元でドラえもんがあきれるも、のび太はかまわずお肉を頬ばっている。

「おいしい～！」

「うふふふ」

大人しずかもうれしそうだ。

「んもう、のび太くん、あんまりはしゃぐとバレるよ！」

「大丈夫、大丈夫」

のび太は調子に乗って小さくなったドラえもんがいる耳元をたたいた。

「ぐえっ！」

そのやりとりのさなか、しずかのおじさんがシャンパンを注ぎにのび太のテーブルにやってきていた。ドラえもんの声を聞くと驚いて、しずかと一緒にのび太の顔に注目する。

「ゲホゲホッ……風邪引いたかな……」

のび太はあわてて咳払いをしてその場をごまかした。

さまざまな植物が配置された会場で開かれている披露宴は、さながらガーデンパーティーのような雰囲気を醸し出していた。

「さて、皆さま、注目ください。これから、お二人により、ウエディングケーキにナイフを入れていただきます。まずは、この場でケーキを作ります。ケーキパフォームをご覧ください。皆さま、どうぞお近くへ」

司会者の声にのび太は会場の入り口からケーキが入場するのかと首を伸ばした。しかし誰もそちらを見ておらず、のび太のテーブル近くに集まり始めた。

『はて、ケーキはどこに？』

そう思ってのび太がキョロキョロと見回すと、この時代のケーキ入場はのび太の時代とは全く違った方法で始まっていた。

二人の前に置かれたテーブルの中央からなにやら機械がせり出し、回転し始める。そして層状にクリームやスポンジをプリントし始めたのだ。

この時代にはやりのフード3Dプリンターだった。材料を入れるだけで、さまざまな料理を作ってくれるので大人気になっているフードプリンターの大型機種のようだった。

会場の人々も、華麗なケーキが目の前でみるみる出来上がっていく様子に歓声を上げた。

「さあ、ケーキが完成しました。それではお二人とも前にどうぞ。お手元のナイフきた。

司会者に促された青年姿ののび太と大人しずかがウエディングケーキの前に出て

をお持ちください」

キョロしている。

青年姿ののび太は見たこともないケーキに驚きを隠せない。そしてなぜかキョロ

「うわ〜、大きいねえ」

「どうしたの？」

「ナイフが一つしかないよ」

「何言ってるのよ、のび太さん。二人で持つんでしょ」

「そうだったね……」

大人しずかと青年姿ののび太のやりとりを会場のお客たちは微笑ましく見ていた。

大人ジャイアンと大人スネ夫が冷やかす。

「のび太、しっかりしろ〜」

会場が笑いに包まれる中、青年姿ののび太と大人しずかはうなずき合ってケーキ

にナイフを入れた。

カメラのフラッシュが瞬く中、のび太はスネ夫が操作するドローンカメラの位置がわからずにだらしない顔でキョロキョロしていた。

のび太の耳元では、さっきの衝撃で気絶していたドラえもんがやっと意識を取り戻したところだった。

「野比くん、しずかさん、結婚おめでとう」

「0点ばかり取っていた君が、こうして立派に結婚されたことは大変喜ばしい」

正面スクリーンからは月に出張中の出木杉から生中継でお祝いの言葉が寄せられたり、先生のスピーチがあったりと会場は大変な盛り上がりを見せていた。

「イエーイッ！」

のび太たちの席に集まって集合写真を撮る大人ジャイアン、大人スネ夫、大人ジャイ子の間で、のび太は完全に舞い上がっていた。

「あーー、結婚式って楽しいねっ」

その言葉に、しずかはのび太を不思議そうに見た。

「えっ？　な、なに？」

「のび太さん、大丈夫？」

このあと待っている大役のことをのび太さんはわかっているのだろうか。いつものび太さんだったら緊張して料理もノドを通らないくらいなのに……。大人しずかはリラックスしまくっているのび太の様子がかえって心配でならなかった。

大人しずかは、思い切ってこのあとの式の段取りをのび太に小声で確認してみた。

案の定、のび太はわかっていなかった……。そして思わず息をのむ。

「えっ、そんなことぉ……」

そこへ、マイクを持った手がすっとのび太のほうに伸びてきた。

「では、ここで、新郎の野比のび太さまより、ご挨拶を頂戴します」

ご挨拶？　ご挨拶ってこのタイミングになんでみんなに挨拶するのだろう。結婚式特有の儀式だろうか？

のび太は不思議に思ったが、まあ、やれって言うならやろうじゃないかと思った。何しろもうすぐこの結婚式は終わるのだ。挨拶すればいいのなら簡単なことだ。

青年姿ののび太は立ち上がって言った。

「へ？　あーはいはい、挨拶ね。皆さん、こんにちはっ！」

招待客たちが一斉に笑った。ギャグかと思ったのだ。

「あれ？　挨拶ってこれでしょ？」

なんだか受けているが、とにかく挨拶はすんだので座ろうと思ったのび太に大人しずかがそっと言った。

「『こんにちは』じゃないでしょ。この前スピーチ考えていたじゃない」

スピーチ？　ちょっと待てよ、変なことになってきたぞ。

「えっ？　スピーチ？　あーっ、う、うん、『挨拶』ってそっちね」

どうやらここでいう挨拶とはのび太の知っているあの朝晩交わす挨拶ではないらしい。

だとしたら…そうだつまり挨拶ってのはさっきから招待客の皆さんにやってもらっていたのと同じなのかもしれない。なんかいいこと言うやつだ。しかし、そんなこと小学生ののび太にできるわけがない。

原稿……？

つまり青年のび太が用意した原稿がどこかにあるんだきっと。

「え～と、どこかに原稿～～」

耳元でドラえもんもあわてている。

「『とりよせバッグ』は置いてきちゃったよ～」

のび太は息をのみながら、必死でジャケットの外ポケットや内ポケットを探ってみた。

「あー確か……ここかな？　いや、こっち～～だったかも」

だが忘れてはいけない。これはドラえもんが着せかえカメラで用意してくれたタキシードだ。もちろん……、

「あるわけない」

あまり長く青年姿ののび太が立ちすくんでいるので、心配になった司会者が突っ込んでくる。

「どうかしましたか？」

招待客も皆、青年姿ののび太が今度は何をやらかしたのかとじっと凝視していた。

重い沈黙が式場を包んでいる。

のび太の首筋にじわっと汗粒が浮かんできた。会場中の目という目がのび太一点に集中している。のび太は自分がふわっと浮かび上がったような、それでいてどこかに突き落とされたような無重力感あふれる居心地の悪さを感じていた。

もうなりふりかまってはいられない。とにかくのび太は一時的にでもこの場所から逃げ出そうと決意した。

「そうだそうだ、物覚えが悪くて困るなあ。控え室にあるんだったああ！」

のび太は突然、新郎席から立ち上がった。

「ちょっと取ってきまーす」

扉をバンと開けて飛び出していく青年姿ののび太の背中に会場中の招待客の視線が突き刺さったように感じた。もう少しで終わりだったのに、最後の最後で大きな罠が待ち受けていた。

「えーーっ、新郎は何か準備をしに行ったようです。少々お待ちくださいませ」

ざわつく会場でその場を取り繕うようなアナウンスがあり、その場に残された大人しずかは小さくため息をついた。

のび太の両親はあっけに取られながら、しずかの両親に頭を下げている。

会場の一角にあるコントロールスペースで式場のマネージャーがオロオロしている。

「あの新郎にはヒヤヒヤさせられるなあ」

と、そこに一人の男が「マイクを……」と言いながら手を差し出した。

大人ジャイアンだった……！

「皆さーん、のび太くんが戻ってくるまで、心の友であるぼくが当時に思いをはせて歌います！」

大人スネ夫が飛んできて、大人ジャイアンの腕を押さえている。

「ジャイアン、とりあえず席に戻ろうか」

酔っ払った大人ジャイアンは大人スネ夫を軽々と突き飛ばすと、強引にマイクを握った。

「うるせえ、邪魔するな！」

その有無を言わせぬ大人ジャイアンの迫力にめげず、大人スネ夫ががんばっていた。

「戻って飲もう」

「いいから歌わせろ！」

「やめとけって」

「ミュージックスタート！」

「うわっ」

最近ではずいぶん丸くなったと言われる大人ジャイアンだが、酒を飲むと、小学生時代のような荒くれに戻ってしまう。

そして、歌の能力はかつて歌手を夢見ていたあの剛田武くんの時代となんら変わっていない。まあつまり、激しいにもほどがある音痴だ。

しばらくすると大人ジャイアンのボエーボエーという悪夢のような歌声が聞こえ始めた。

なるべく、なるべく早く戻ってきますとのび太は心から誓った。

そして去り際に一瞬だけ見た大人しずかの表情を思い出していた。

のび太は思った。

『しずかちゃんはなぜあんな顔をしたのだろう』

9

会場すぐ外のエレベーターホールでのび太は耳をふさいで立っていた。ジャイアンの歌声のせいで、周りに置かれていた観葉植物や扉が震動している。のび太の耳元にいたドラえもんが「ビッグライト」で元の姿に戻りながら飛び出してきた。

「何やってるんだよ、歌い出しちゃったぞ、ジャイアン」

「ぐえ〜っ。ここにいても頭の奥まで響いてくる」

「おえ〜」

「大人になった分、威力が増しているじゃないかっ！」

「このままじゃ結婚式がムチャクチャだぁ！　のび太くん、戻ったほうがいい」

ドラえもんは必死でのび太に訴えるが、のび太にはどうしようもなかった。

「挨拶なんてできないよ！　やっぱり代役なんて無理だったんだ〜」

「君のことじゃないかああ」

のび太は決意した顔でドラえもんに言った。

「やっぱり大人のぼくを探し出すしかない〜〜」

「また新郎行方不明って大騒ぎになるよ」

「じゃあどうしたらいいんだよ」

ドラえもんにもいい解決案が浮かばなかった。

「仕方ない！　大急ぎで探そう！」

元の姿に戻ったのび太とドラえもんが、プリンスメロンホテルの巨大な吹き抜け真ん中のエレベーターから降りてきて走り出した。

招待客の皆さんがジャイアンの歌に耐えられる限界までに、青年のび太を発見してここに連れてこないと大変なことになる。

それは十分なのか二十分なのか……とにかく長くない時間であることは確かだ。

「それにしても、『挨拶』なんて、『おはよう』とか『こんにちは』とかじゃないの？」

「ああいうところでの『挨拶』は、両親に感謝を伝えるもんなんだ」

「うえっ感謝⁉　0点のテストであんなに怒るのに？　ムリムリムリ」

「わ〜、まだこだわってるんだ〜」

そんなことを話しながらのび太たちがエスカレーターを階段のようにして下りて、ホテル出口へ急いでいるとき……反対側の上りエスカレーターに黒服を着た男の影があった。

ドラえもんとのび太はそれにはまるで気づかずにタケコプターを装着し、小雨の空に舞い上がっていった。


未来都市の上空はさまざまなドローンや空飛ぶ車、バイクなどが飛び交っていた。

のび太にとってそれは一度は来たことがある勝手知ったる世界だったが、やはり何度見てもその光景はワクワクさせられるものがあった。

「ドラえもん、どうにかして大人のぼくを探し出さないと」

「うん、そうだ。『たずね人ステッキ』を使おう！」

「何それ？」

「手を離すと探している人の方向に倒れるんだ」

「へぇー便利だね」

ドラえもんはホバリングしながら四次元ポケットに手を突っ込み、しばらくごそごそしていたが、ある重大な事実に気がついた。

「あれ？　あれ？　あれれ？　あ〜〜〜〜っ！」

「どうしたの？」

「こっちに来るときのこと覚えている？」

のび太はハッとした。

「道具の点検……」

「はあ〜〜っ」

そのとき空中でぐったりするドラえもんとのび太の下を、もう一組ののび太とドラえもんが飛んでいくのが見えたが、ショックにうちひしがれる二人はそのことに気づいていなかった。

「君が先に行っちゃうから、焦っていろいろ置いてきちゃったんだ。一旦現代に戻って、取ってこよう」

「そんな暇ないよ。そんなことしてたら、結婚式終わっちゃうって！」

「それは大丈夫」

「なんでさ？」

ドラえもんはニヤリとすると解説を始めた。

「たとえば二時にここを出発する。現代に戻って一時間過ごす。そしてまた未来に行く。で、そのときに出たときの五分後、つまり二時五分にやってくれば、五分しかたっていないことになる」

つまり同じ時間に戻ってくれば、どんなに別の世界で長い時を過ごしても、こちらの世界ではまるで時間がたっていないということになるのだ。

「ドラえもん、あったまいい！」

褒められたドラえもんは真っ赤になって頭をかいた。

雨が次第に弱まり、街に光が差してきた。

「それほどでもないけどね」

「あ、雨やんだね。さあ、タイムマシンのところへ行こう！」

「うん」

ドラえもんとのび太がタケコプターで公園の公衆トイレに戻ってくると、のび太が何かを見つけてつぶやいた。

「あっ、あれって」

そこには青年のび太の乗っていたのと同じ機種のエアスクーターが停車していた。

「いた！　まったく人を心配させて、居眠りしてるんじゃないだろうな」

のび太とドラえもんがスクーターの中をのぞくが、誰も乗っていなかった。

「いないね……」

「まさか……」

ドラえもんが不吉な表情を見せた。そして、公衆トイレに向かって走り出した。

「ちょ、ちょっとどこ行くのさーー？」

「トイレ！」

のび太は、急に走り出したドラえもんをあわてて追いかけた。

「えっ？　もれそうなの？」

「バカ言え！」


ドラえもんがトイレの個室に飛び込んで愕然としていた。

「やっぱりない！　ない！　ない！　ない！　ない！」

ほかの個室も一つ一つ確認するが、探しているものは見当たらないようだ。

「わーっ！　どこにもない！」

「どうしたんだよ？」

「タイムマシンが持ってかれた……」

公衆トイレの個室にあるはずのタイムホールが忽然と消えていたのだ。

「えっ、誰に？」

「この時代にタイムマシンを運転できるのは、一人しかいない」

「……」

頬をかきながら首をかしげるのび太に、畳みかけるようにドラえもんが言った。

「大人になった君さ」

「えーーーっ！」

「んもう、勝手にタイムマシンに乗っちゃって！　どこか別の時代に行ったんじゃないかあ、大人の君は」

ムッとしながらトイレの外に出ていくドラえもんをのび太が追いかける。

「なんでそんなことを？」

「わかんないよ。自分のことだろ？　なんか心当たりないの？」

「未来のぼくのことなんて見当もつかないよ」

「はあ～～っ」

ドラえもんは大人のび太のエアスクーターのところにやってきて、車体に手を置くと、大きなため息をついた。

「毎度毎度、君たち『のび太くん』のやることは、身勝手すぎる」

「ごめんよ」

そのとき、ドラえもんとのび太が背にしている奥の公衆トイレから、別ののび太とドラえもんがおばあちゃんを連れて出てきた。しかし、スクーターの傍らでケンカをしている二人は、そのことに気づかない。

そして、のび太は、大変マズいことに気がついてしまった。

「あっ!!」

「なに！」

「ぼくたち、この時代から帰れなくなっちゃってない？」

ドラえもんもハッとした。

「前にもこんなことあったけど、なんとかなったよね。大丈夫だよね？　ドラえもん。ああそうだ、『タイムベルト』は？」

のび太に言われてドラえもんはポケットの中をのぞいてみるが、悲しそうな顔で首を振った。

「だから……」

「点検……」

「帰れそうな道具はみんな置いてきちゃった」

「あわわわっ、どうしようドラえもーん！」

「このままだとぼくらはこの世界で……」

ドラえもんに抱きつくのび太の脳裏に、ペコペコのお腹をなだめながら、ドラえもんと一緒にさすらう自分のイメージがはっきりと浮かんだ。

未来世界に似合わない、ボロボロの服を着て、どうしようもなく街をさまよう二人。そんなの絶対お断りしたい。

なんだかもう自分たちの運命が悲しくて恐ろしくて、ドラえもんものび太もお互いの体をぽかぽかとたたいた。たたき合ってみても、事態はまるで変化しなかった。

10

カラスが鳴いていた。

『この時代でも夕方にはカラスが鳴くんだ』と、のび太はぼんやりと考えていた。

空はすっかり群青色に変わり、一等星がいくつか見え始めていた。

公園近くの河原に続く芝生の土手で、二人はなすすべもなく座り込んでいた。

その土手の上にある遊歩道を、幸せそうな家族が晩ごはんの計画を話し合いながら歩いていた。のび太のお腹がみじめさを強調するかのようにグーッと鳴った。

「お腹減ったね」

「もう式場からみんな帰っちゃっただろうね」

「うん、きっとひどいことになってる……」

ドラえもんがもう一度ポケットをあさって、持ってきたわずかな道具を並べると再点検し始めた。

「あるものだけで帰れるいい方法はないかなぁ……」

ドラえもんは何か取り出し忘れているものがないか、ポケットをさらに探った。

「あっ……」

最後に取り出した不思議な形をした道具を前にドラえもんは悩んでいた。

「ええと……」

ドラえもんの顔がパッと明るくなった。

「これだ！　これでなんとかなるかも‼」

「えっ？」

身を乗り出すのび太に、ドラえもんはいつもの調子でその道具を掲げると言った。

「『タマシイム・マシン』！」

「タマシイム・マシン？」

「これはね、魂を吸い込んで別の時代の自分に転送できるんだ。これを使って、のび太くんの魂をぼくたちが出かける前に送り込む」

「うん」

「そのときなら、タイムマシンがあるじゃない。それでここに戻ってこられるでしょ？」

「うん？」

のび太は、ドラえもんの説明がいまいち理解できていないようだった。

「やってみればわかるよ。さあ、やろう！」

ドラえもんはタマシイム・マシンのラッパ状に広がっている部分をのび太の頭に押しつけるとスイッチを押した。ブイーンという掃除機のような音とともに、のび太は白目をむいてパッタリと倒れた。

タマシイム・マシンがのび太の魂を機械の中に吸い取ったのだ。本体に「チャージ」の文字が出る。

ドラえもんはタマシイム・マシンのダイヤルを二人がおばあちゃんの世界に出かける数分前に合わせた。

「頼むぞ」

そしてハッとした。今ダイヤルで決めたのび太の魂を送り出す時間……そのころその時間ののび太が起こした謎の行動のことを思い出したのだ。

　あのとき、パッと青白く輝いたのび太が「大成功！」と叫び、タイムマシンを駆って未来に出かけていった。

「おばあちゃんに会いに行く前だから……、あっ、あれって、これだったのか」

　ドラえもんは、マシンに吸い込まれているのび太の魂にささやいた。

「どうやらうまくいきそうだ」

　希望を込めて、ドラえもんがタマシイム・マシンのスイッチを押した。

　ギュウンという音とともに、のび太の魂が過去——のび太とドラえもんがおばあちゃんのところに向かう少し前の時間に向かって押し出されていった。

　その時間、その世界。のび太とドラえもんが入れかえロープを試したその直後。

　のび太が図々しい提案をドラえもんにした、あの時間。

「あのさ、もう一度入れ替わって、ママに怒られてくれない？」

「無茶言うな」

「やっぱりダメか……」

　そのとき、のび太の体が青白く輝いた。未来からのび太の魂がこの時間ののび太の体に飛び込んだ瞬間だった。その衝撃でのび太はぴょんと跳び上がった。見上げると天井にはドラえもんの道具が点検するために取り出されて散乱している。タマシイム・マシンによる、魂だけのタイムトラベルはうまくいったのだ。のび太は状況を理解すると、思わず大きな声で笑ってしまった。

「あっはっは！　大成功！」

魂だけが送り込まれるって、こういうことだったんだと思いながら、のび太はもう一度周りを見回した。オッケー大丈夫だ。確かにあの時間に戻っている。

「大丈夫なの？　のび太くん？」

「大丈夫大丈夫。早く行かないと！　ちょっとぼくらを助けに行ってくる！」

のび太は机の引き出しを開けた。確かに、タイムマシンはまだそこにあった。のび太は引き出しの中に体を滑り込ませると、タイムマシンに飛びついて、ドラえもんが待っている未来の世界に向けて再び発進させた。

何が起きているのかまったく見当がつかないその時間のドラえもんが、机の前でキョトンとしていた。

「……のび太くん！」

11

ドラえもんは河原でやきもきしていた。過去に送り出したのび太の魂がなかなか帰ってこないのだ。

河原にひっくり返っているのび太は白目をむいて、失神したままだ。

土手の上を通る道で犬の散歩をしていたおじいさんが心配して、坂を下りてきた。

「大丈夫かの？」

ドラえもんはあわてた。

「ええ、ええ。あっ、まーた白目むいて寝てるーーっ。これ癖なんですょぉ、あははは。あーあー、こんなに散らかしちゃって」

ドラえもんはわざとらしく大声でごまかしながら、周りに出しっぱなしの道具をしまっていった。しかし、こうやってごまかすのも限界がある。どうしようとドラえもんが思っていると、ようやく公園のほうからもう一人ののび太が走ってきた。

「ドラえもーん！」

ようやく待ちに待ったのび太が帰ってきたのだ。やっぱりあの時代にはまだタイムマシンは残されていたのだ。

「のび太くん‼」

「タイムマシン持ってきたよーーっ！」

のび太は土手を走って下りてきたが、途中で転び、そのままドラえもんをまき込んだまま土手の下まで落ちていった。

「うわあ！」

「うわわわわ」

「いって〜」

のび太とドラえもんは起き上がり、ハイタッチをして喜び合った。その横には白目をむいた、まるで意識がないのび太。踊るのび太と意識がないのび太。事情を知らない人が見たらさぞかし奇妙な光景だろう。

ドラえもんもそれに気づいたらしく、あわててタマシイム・マシンのラッパ状部品を帰ってきたのび太の頭に当てた。

「それじゃ戻すね」

「うん！」

「ほいっと」

ドラえもんがボタンを押すと、タマシイム・マシンの時計が逆回転し、のび太の魂を白目をむいたのび太に送り込んだ。

倒れていた体に魂が注入されるとそれはパッと目を開き立ち上がった。

そしてガッツポーズをしながら言った。

「やったーーっ！」

一方、タイムマシンの運搬に使われた前の時間ののび太は、急に意識が戻ってキョトンと立っていた。

「あれー？　ぼく、どうしたの？　えっ、ぼくが二人？」

のび太とドラえもんは、「ここ未来だよね？」と不思議がる過去ののび太に対して、適当にごまかすことにしてタイムマシンに向かった。

「まあまあ、いいからいいから」

だ。

「何がなんだか……」

「うんうん、大丈夫大丈夫」

まずは過去から来たのび太をあの時代ののび太の部屋に戻さなくてはいけないのだ。

タイムトンネルを二人ののび太とドラえもんを乗せたタイムマシンが飛行していた。

さっきから過去ののび太が大変うるさく質問を投げかけてきていた。

のび太は「自分って他人から見るとこんな感じなのか」としきりに反省していた。

この好奇心は悪いことじゃないけれど、今日起こった出来事をきっちり説明するのはとても骨が折れそうだった。それにおばあちゃんの家に行く前ののび太に、そこがどうだったかとか、おばあちゃんに何を言われたとかを話したくなかった。

おばあちゃんにはまっさらの状態で会ってほしかった。

のび太にとってはちょっと前の過去、そしてこの質問攻めをしてくるあの時間ののび太にとってはちょっとあとの過去。そんな複雑な状況をほかならぬ自分が理解できるとは到底思えなかったのだ。

「ねえねえ、ぼくどうして急に未来にいたのさ？　ぼくがもう一人いるってどういうこと？」

「まあまあ、いいからいいから」

「よくないよ。ちゃんと説明して」

「まあまあ、いいからいいから」

なんとかごまかそうとしていたのだが、過去から来たのび太の好奇心はどうにも簡単には収まってくれそうもなかった。それもそうだ。さっきまで自分の部屋にいたと思ったら、急に気を失って気がついたら未来に来ていたのだ。

のび太はドラえもんとのつきあいの中で、いろいろな二十二世紀のテクノロジーには慣れていたし、びっくりするような体験もしてきたけれど、それでもこの状況は不安だし、なんとか説明してほしいと思うだろう。

のび太の執拗な追及についにめんどくさくなったドラえもんはワスレンボーでのび太の頭を小突いた。

過去から来たのび太は一瞬で白目をむいて失神した。

「さっそくワスレンボーが役に立った」

「ややこしいからこっちののび太くんには、いろいろ忘れてもらおう」

過去から来たのび太が目を覚ました。

「あれ、なんでここにいるんだっけ、ぼく」

「まあまあまあ、いいからいいから」

二人ののび太とドラえもんは、過去ののび太の時間にようやくたどり着いた。

まずはのび太をあの時間に帰してあげなくてはいけない。

のび太たちがたどり着いたのは、ドラえもんがのび太の行動を不思議がっていたあのときだ。

タイムホールにのび太を無理やり押し込むと、この時間のドラえもんがびっくりして走り寄ってきた。

そして、机の前ではこんな会話がなされていた。

「んもう、勝手にどこ行ったんだろう？　わっ」

「あれ？　ぼくどうしてた？　ここにタイムマシンで送ってもらったんだけど

……」

「誰に？」

「君とぼくに」

「あのね、のび太くん。何を言っているのかさっぱりわからないよ」

「だって、そういうふうに言うしか、言いようがないんだもの」

のび太は机の引き出しの隙間からもれ聞こえるその会話を聞きながら『ごめんね、この時間のぼく！』と思っていた。確かにそういうふうに言うしかないし、そのときはそう言っていた。

「つまりこういうことだったんだね」

「変な反応だって思っていたけど、ようやく謎が解けたね」

とにかく今、自分たちがやらなくてはいけないのは失踪した青年のび太の捜索だ。

「あっ、いけない。あれを持ってこなくちゃ」

ドラえもんがこの時間の自分たちにバレないように透明マントをつけて、抜き足差し足でタイムホールを出ていった。ちょうどママが二階に上がってきて、あわてて右往左往しているこの時間ののび太とドラえもんは、その姿にまったく気づいていなかった。

ドラえもんはたずね人ステッキを持って、引き出しの中に戻ってきた。

それは探したいものや人の特徴を言いながら手をはなすと目標の存在する場所の方に倒れて示してくれるという道具だった。

「さてと、大人ののび太くんはどっちの時代に行ってるのかな……？」

そう言いながらドラえもんがステッキを倒す。

たずね人ステッキが順当にその性能を発揮してくれれば、それは過去か？　未来か？　……とにかくこのタイムトンネルをどちらに進めばいいか答えてくれるはずだ。

しかし、たずね人ステッキはそのどちらも指さず、激しく振動しながらタイムホールの出口を示していた。てこでも動かないという気迫に満ちた指し方だった。

「えっ？」

「まさか」

「ってことは……大人ののび太くん、もしかしてこの時代にいるのかも」

12

青年のび太にとって、そこは懐かしい空き地だった。

小学生時代、ここでのび太は野球をしたり、ドラえもんの道具を披露したり、ドラえもんに安心して帰ってもらうためにジャイアンと必死にケンカしたり……とにかく思い出が詰まった場所だった。

青年のび太は体育座りの姿勢で積み上げられた土管の上に座っていた。

何度も逃げ込んだ土管にそっと触れてみた。

そう、この時代、この時間……この小学生時代、結構自分はがんばっていたのではないか？

しかし欲しかった自信はなかなか訪れなかった。

このままではどうしてもあのしずかさんを……。

青年のび太は両手で自分の頬をたたいてなんとか気持ちを盛り上げようとした。

しかしそれはただ痛いだけで、ちっとも勇気なんてわいてこなかった。

やっぱりまだ帰れない。

そのときだった。ブーンというタケコプターの音が頭上からしてきたと思ったら、その音はどんどん大きくなっていく。

青年のび太がびっくりして顔を上げると、そこには怒りの形相の小学生ののび太とドラえもんがホバリングしていたのだ。

青年のび太は何かマズいことが起こっているということをその表情から察した。

ドラえもんとのび太はしょんぼりしている青年のび太の両腕をつかんでのび太の部屋に強制連行してきた。

青年のび太はさすがに落ち込んでいた。

しかしドラえもんとのび太は真実が判明するまでは青年のび太を徹底的に追及するつもりでいた。

のび太たちは青年のび太が失踪したことで、どれほどしずかちゃんが悲しんでいるかを知っていたし、そもそもこのままじゃ結婚だってどうなってしまうかわからない。

　青年のび太を前にしてのび太はなんともやるせない気持ちでいた。

　はっきりしているのはこの目の前で落ち込んで座っている〝将来の自分自身〟は、あろうことかしずかとの結婚式の前に怖じ気づいて逃げたのだ。それはのび太にとって心から不可解なことだった。

　のび太は一番聞きたいことをストレートに聞いてみることにした。

　相手は自分自身なんだ。なんの遠慮もいらない。

「で、なんで結婚式から逃げ出したのさ？　もうしずかちゃんのことが好きじゃないの？」

「そんなわけないだろ。好きだよ。大好きだよ。しずかさんと結婚できるなんて、夢のようだよ。でも……」

「でも何さ」

「昨日、みんなとの飲み会が終わって一人になったとき、将来のことを考えたんだ。そしたら急に怖くなった。怖くて怖くてたまらなくなるんだ」

「なにがさ」

「ぼくはこんなだから……もしかしたらしずかさんを幸せにしてあげられないかもしれない」

なんということだ。この情けない自分自身は、しずかちゃんが好きすぎて、ややこしい領域に入ってしまったようだ。

「そんな弱気な」

「だって、なんでしずかさんがぼくと結婚しようと思ったか、知ってるだろ？　危なっかしくて見ていられないからなんだよ‼」

……そうだった。

のび太の中にあえて忘れていたかつての記憶が蘇った。

雪山でしずかさんの遭難を阻止しようと出かけていって、かえって大変なことになってしまったことがある。

そのときの青年姿ののび太のあまりに情けない失敗ぶりを見て、しずかは結婚を決意してくれたのだ。

のび太は雪山で遭難しかけたあの日のしずかの言葉を思い出した。

『それにしてものび太さんは、ちっとも変わらないわね。放っておいたらどうなっちゃうんだろうってハラハラしちゃう』

『むぅ』

『うん、いいわ。この前の返事。オッケーよ』

あえて考えないようにしていたかつての記憶が蘇って、少年のび太は青年のび太と同じように落ち込んだ。

そうだったそうだった。

しずかちゃんとの結婚を勝ち取ったかのような気分になんとなくなっていたけれど、そんなことはなかったのだ。

そしてこの記憶は青年になったのび太にも引き継がれているはずだ。

のび太はあらためて落ち込んだ。

「……わかってるよォ」

青年のび太が続けた。

「そんな理由で結婚相手を選ぶなんて、しずかさんがかわいそすぎる！　あの子は優しすぎるんだよ」

「それでこの時代に逃げ込んできた?」

「あのとき偶然入った公衆トイレで……」

青年のび太は結婚式から逃げ出して公衆トイレに入ったとき、偶然、タイムホールが開いているのを見つけたのだ。

「いつでもよかったんだ。しばらく考える時間が欲しかっただけだから。たまたまタイムマシンのホームボタンがこの時代になっていたからここに来たってだけだよ」

「それで、結婚式を放り出して?」

ドラえもんも怒っていた。

「そんなことして、みんながどれだけ悲しむか考えなかったの?」

しかし、青年のび太はまるで意に介さない様子で答えた。

「そんなの平気さ。自信さえついたら、結婚式の朝に戻ればいいんだ。そのくらいぼくだってわかっ……もしかして見てきたの?」

そこまで言ってから、青年のび太は自分が思っているように事は進んでいないことに気づいた。

もし彼の思惑通りに事が進んでいれば、ここに少年のび太やドラえもんがいて、怒っているわけがないのだ。

何があったのか……詳しいことはわからないが、大変なことが起きていることは確かなようだった。

「もしかして…ぼくは……戻って……いないの？」

「だから探しに来たんだよ」

「えーっ、何が起きてるっていうんだ？」

「知らないよ、とにかく結婚式が始まったときにはいなかったよ」

「結婚式は？」

「ぼくが代わりになって出席してた。途中で出てきちゃったけど……」

「きっと、メチャクチャになっている」

のび太とドラえもんの報告を聞いて、青年のび太は立ち上がると、髪をぐちゃぐちゃにかきむしりながら叫んだ。

「うわああ、なんてこった。でもなんで？　そんな…結婚式の朝に戻ればいいはずだよ。今からでも大丈夫。決心がついたらあのタイミングに戻ればいいはず。そうだろう、ドラえもん」

「理論的にはそうだけど、ぼくらは見てきちゃってるからね。大人ののび太くんが戻ってこない未来を」

「なんで、なんでぼく、戻らないの？」

「こっちが聞きたいよ」

青年のび太はまたも髪をかきむしりながら叫んだ。

「信じられない。そんなのイヤだ！　どうなってるんだ！　なんでぼくは戻らないんだぁ」

「結局勇気が出ないんじゃない？　あーあ、我ながら情けない」

「それか、何か事件が起きて戻れなくなるか？」

「ええええーーっ、それって、それってどういうこと？」

興奮状態の青年のび太はドラえもんを持ち上げて激しく揺すった。

「落ち着いて大人ののび太くん。このままだとどうなるのか、ひとまずタイムテレビで見てみようよ」

ドラえもんはポケットからタイムテレビを取り出して、スイッチを入れた。

ドラえもんがいくつかのダイヤルを操作すると、そこには結婚式のときよりも少しおちついた雰囲気になったしずかが、自分のマンションらしき場所で大人ジャイアンや大人スネ夫と一緒にいる映像が映し出された。

大人スネ夫が遠慮がちに聞いている。

「まだのび太のことが忘れられないのか？」

「そんなことないけど……でも、どうして披露宴の途中でいなくなっちゃったのかなって。あんなに好きだって言ってくれていたのに……」

大人ジャイアンがテーブルをたたく。

「のび太の野郎、見つけたら、ただじゃおかねー」

「でもきっとのび太さんは、いつか帰ってきて何があったのかを説明してくれる。そう信じてるの」

「しずかさん……」

青年のび太がタイムテレビをつかんで絞り出すように言った。画面の中で寂しそうな大人のしずかがアップになっている。

青年のび太はタイムテレビを抱きしめながらたまらず声を上げて泣き始めた。

「わあああん、ごめんよぉ、しずかさん。でもわかってくれよう、これは君のためなんだよぉおおおお」

「ほら、勇気を出して帰ったほうがいいよ」

それを聞いた青年のび太は執着を振り払うかのように頭を振って答えた。

「いや……ダメだ。きっとしずかさんはもう少ししたら、ぼくのことなんかふっきる。そしてもっといい相手を見つける。ぼくのことさえ忘れられれば、しずかさんは幸せになれるんだ」

ドラえもんが意地悪そうな目で言った。

「じゃあ、もっと未来のしずかちゃんも見てみる？」

「イヤだァ！　誰か知らない人と幸せな家庭を築いているしずかさんなんか、絶対見たくない」

「勝手だなぁ」

青年のび太は机に突っ伏して唸っている。

「でも、もし万が一不幸になっていたらもっといやだぁあああ！」

「めんどくさい人だね」

「まあ、君なんだけどね」

そうなのだ。この大変めんどくさい人物は自分の未来の姿なのだ。のび太はその純然たる事実を思い出すと、大きなため息をついた。

なんとかしてこの人に自信を取り戻させないと、いけない。でもそれにはどうしたらいいんだろう。のび太はドラえもんの道具のあれこれを思い浮かべながらその方法を探っていた。なかなかいいアイデアは浮かばなかった。

青年のび太は突然顔を上げると、今度はのび太に向かっていちゃもんをつけ始めた。

「そもそもこの時代の君が昼寝ばーっかりしているから、ぼくまでこうなったんだ。宿題もやらないし、テストは0点ばっかり。自信だってなくすよ」

思わぬとばっちりが降りかかってきた。

「ぼくのせいにしないでよ!!」

「自分同士でケンカするのやめなよ」

手足を投げ出すように床にひっくり返った青年のび太はふとこんなことを口にした。

「あーあ、君のころに戻ってやり直せたらなあ」

「それなら簡単だけど」

「えっ？」

青年のび太の言葉に反応したドラえもんが、入れかえロープを取り出した。

「このロープの両端を持った二人は、入れ替わることができるんだ。この子どものび太くんとちょっとの間入れ替わってみたら？」

「本当に？　やってみたい。やってみたい」

青年のび太は少年のび太の手を取って、懇願を始めた。

「のび太くん！　ちょっとの間でいいんだ」

「なんで？」

「ぼくはね、この時代に何かやり残してきたことがあるような気がずっとしていたんだ。子どもに戻って、それさえやり遂げれば、ぼくはきっと結婚式に戻る勇気を取り戻せる」

「うーん」

のび太は一瞬だけ悩んだ。少しだけいやな予感がしたのだ。だが事態を収めるにはそんなかすかな予感にかまってはいられない。

とにかくこの未来の自分が自信を取り戻すことが今は最優先事項なのだ。

「なんだかわからないけど、それでうまくいくって言うなら……いいよ、入れ替わろう」

のび太は青年のび太からロープの端を手渡された。勝手知ったる感じに視界がゆがみ、気がつくとのび太は青年のび太の体に入っていた。

入れ替わりは成功したのだ。

タイムふろしきで大きくなったときにこの感じはよく知っていたので、ドラえもんと入れ替わったときのような不思議な感じはなかった。

ただ、目の前に手や体をうれしそうに眺めている自分自身がいるのが不思議な感じがした。

「おおーっこの感じこの感じ！　なーつかしい」

どうやら青年のび太にとって、少年のび太の体はノスタルジーを誘うもののようだった。

「バレないか試してみよう。母さんに会ってきていい？」

「どうぞご自由に」

こうなったら青年のび太の気がすむまで入れ替わりを味わってもらいましょう。

中身は青年の少年のび太が中身は少年の青年のび太のポケットから財布と未来の電話を取り出した。

「これは持っていくね」

そう言って部屋から出ていく青年のび太を見送りながら、のび太とドラえもんは思った。

『あんなのこの世界じゃ役に立たないのに……』

13

「ウヒャヒャ、んふふーん」

　少年姿の青年のび太がはねるような足取りで階段を下りていくと、居間からママが顔を出した。

「何はしゃいでるの？　危ないでしょ！　それにいつ帰ってきたのよ、さっきいなかったじゃない」

　その実に日常的な言葉が、青年のび太にはたまらない懐かしさを感じるようだった。

「うわあ、なんかいい、その感じ、その感じ」

「ハア？」

　のび太のおかしな様子に、ママは混乱した。

「なんでもない。遊びに行ってきまぁす」

「あっ、のび太、買い物！」

少年姿の青年のび太は階段を下りた勢いそのままに、外に飛び出していった。

それを青年の姿をした少年ののび太とドラえもんが窓から見ていた。

「あいつ、勝手に出てっちゃった！」

仕方なく、のび太とドラえもんは、青年のび太を追いかけることにした。

少年姿の青年のび太はまっすぐに空き地に向かった。子どものジャイアンやスネ夫に会いたかったのだ。

思った通り、ジャイアンたちは広場で野球をしていた。

「うっひょー！　ジャイアンたち、まだ子どもじゃないか！　当たり前か、あははは」

少年姿の青年のび太はジャイアンに近づいて言った。

「やあやあ、元気だったかい？」

「なんだよのび太、偉そうに」

いつもと少し違うのび太の態度の大きさにスネ夫も反発してきた。

「のび太のくせに生意気だぞ」

青年のび太はそんなスネ夫の言葉に動じなかった。何しろ中身はもう大人なのだ。さすがに小学生の言葉にいちいち反応するほどの弱さは持っていない。

「ねえ野球まぜてよ」

その言葉にジャイアンは驚いた。

「へー、お前のほうから入りたいなんて珍しいな。やってみるか」

ジャイアンは、のび太のいつにない積極的な態度が少しうれしいようだった。

追いかけてきたドラえもんとのび太は広場の縁からそのやりとりを観察していた。

ぱっと見たところ、ドラえもんが見ず知らずの青年と一緒に仲良く話している風情は不思議な感じだったが、野球に夢中な子どもたちはそんな二人に気づかなかった。

「君が自分から野球やりたいなんてねぇ」

「きっと特訓を重ねて凄腕になっているんだよ」

しかし、のび太の楽観的な予想はまるで外れていた。

「オーライ、オーライ」

調子に乗って野球に参加した少年姿の青年のび太は、フライを受ければ顔面キャッチ、打席に立てば、大振りして三振。

とにかく青年のび太の運動神経は少年ののび太となんら変わらず、はっきり言って運動音痴そのものだった。

「アハハハハ」

「早く拾えーっ」

敵チームにどんどん点が入り、それに従ってジャイアンの顔もどんどん怒りに赤くなっていった。

最悪なことに少年姿の青年のび太はエラーしてもヘラヘラと笑い続け、毎度毎度「懐かしい」「これだこれ」などと喜んでまるで責任を感じていないようだった。

「大人になっても、運動神経はたいして変わらないみたい」

のび太もがっかりした顔でつぶやいた。

「だねぇ」

結局試合が終わってみれば、10対0でジャイアンズが大負けに負けてしまっていた。

「の～び～太～、どういうつもりだぁ？　自分から入れろと言っておいて、このザマはなんだぁあああ」

「ひゃあ、やっぱ怒るんだ。そりゃ怒るよね」

やはりヘラヘラと笑い続ける少年姿の青年のび太にジャイアンの怒りは頂点に達した。

「何のんきなこと言ってんだ、のび太！」

「ジャイアンズが負けたのはお前のせいなんだぞ！」

スネ夫も怒りをあらわにする。

しかし、この雰囲気そのものが青年のび太にとってはたまらない懐かしさを感じさせるのだった。

「くぅーっ、この迫力、たまんないねぇ」

「てめえ、ふざけやがってぇ」

ついに堪忍袋の緒が切れたジャイアンは少年姿の青年のび太を追いかけ始めた。

青年のび太はそれでも笑顔いっぱいにその状況を楽しんでいる。

「うひゃひゃひゃ、これこれこの感じーーッ」

「あんなことが楽しいのかね？　大人ってわからないな」

「まあ、しばらくして飽きたら帰ってくるさ。ぼくらは家に戻っていよう」

楽しそうに逃げ回る少年姿の青年のび太を見て、青年姿の少年のび太とドラえもんはあきれてその場をあとにした。

14

青年姿の少年のび太とドラえもんは徒歩で家へ帰ろうとしていたが、ふとドラえもんがタケコプターをのび太に渡した。

「のび太くん、今そんなだから窓から入ったほうがいいんじゃない？」

「確かに」

何しろ今ののび太は青年の姿をしているのだ。

玄関から入って、ママに見つかったら、説明が面倒くさい。

二人が家の窓から部屋に入ると、そこには、黒ずくめのスーツ姿で髪を整髪料できっちり固めた謎の男が座っていた。

その男は二人を見ると、パッと顔を明るくして、機関銃のように話し始めた。

「ああ、よかった！　やっと帰ってきた！　どこに行っていたんですか？　さんざん探したんですよ！」

「どちらさま？」

「申し遅れました。ワタクシ、未来デパートから来ましたナカメグロと申します」

ナカメグロは、ささっと名刺を差し出した。

「ああ、ときどきサンプル送ってくれる……で、今日は？」

「そのお、先ほどこちらにお届けした入れかえロープ、ただちに返却していただきたく、こうして伺ったわけです」

「あれ、なにか問題でも？」

その問題という言葉にナカメグロは大あわてになった。

「とーんでもございません。当店の商品は厳選した一級品ばかりでございますから、問題などということは……」

ドラえもんはナカメグロのあわてぶりがおもしろくて、つい意地悪な目になって言った。

「え、じゃあ、いったい何が？」

「いやそれはその、あのですね……」

「そんなに心配しなくても返すから」

「ありがとうございますぅ」

「でもちょっとだけ待ってて。さっきこののび太くんに使ったから、元に戻すまでね」

「ぼく、本当は子どもなんだ」

ナカメグロの顔がスーッとわかりやすいぐらいの速さで青くなっていった。

その反応にのび太もドラえもんもこれはただ事ではないと気づいたようだった。

「どう……したの？」

「お使いになって……どのくらいの時間が？」

「何分前くらいだっけ、ドラえもん？」

「もうすぐ一時間くらいかな？」

ナカメグロの顔色が、さらに青くなった。

「た、た、た、た、」

「た？」

「大変だぁぁあああああ！　いいですか落ち着いて聞いてください。あの商品にはちょっとした、ほんのちょっとした設計上のミスがありましてぇ……」

「ミス？」

「いや、たいしたことじゃないんです」

「早く言って。そんな顔してたいしたことないわけないいじゃない」

ナカメグロは消え入りそうな小声で、しかもものすごく早口で説明を始めた。

「あのロープはですねぇ。使って一時間もすると、入れ替わった二人の意識が混濁して、記憶を失ってしまう場合がありまして。なんというか、脳に負荷がかかりすぎるというか……」

「使って一時間で二人の意識が混濁？」

「ちょっと、待って……じゃあぼくたちの記憶は？」

のび太の質問に、ナカメグロはハンカチで額を押さえながらやけくそになって叫んだ。

「すぐに元に戻さないと、永久に失われますです、ハイ」

今度はのび太とドラえもんが青ざめる番だった。

「のび太くん！」

「急ごう！」

二人はあわててタケコプターを装着すると、窓から空に飛び出した。

タイムリミットが近づいている。そしてそれを越えると、のび太も青年のび太も記憶を永久に失ってしまうのだ。

まず二人はさっきまで少年姿の青年のび太たちが野球をしていた空き地にやってきた。しかし試合はとっくに終わったらしくそこには誰も残っていなかった。

「どこに行ったんだろう。ねえ、君が大人になってからここに戻ってきたとして、まずはどこに行く」

「しずかちゃんの家かな」

「それだ！　懐かしい場所をめぐるならまずはしずかちゃんのところに行くよね」

そのとき、ジャイアンズのメンバーの一人がやってきた。

「ねえ、のび太くんどこに行ったか知らない？」

「ああ、のび太なら怒ったジャイアンから逃げていたよ」

どうやらしずかの家に向かうどころではなかったようだ。

「どっちに逃げていった？」

「さて、このへんぐるぐるしていたからねぇ」

手がかりナシ。そうしている間にも時間はどんどんたっていく。

ドラえもんがたずね人ステッキのことを思い出した。

「まずはこれに聞こう！　大人ののび太くんのいるところはどっち？」

しかしステッキはぐるぐる回ってしまって、特定の方向を指すことができなかった。

「何がいけないんだろう。仕方がない。とりあえず上空から探そう」

もう一度二人は上空に舞い上がった。とそのとき、ドラえもんが突然恐ろしいことに気づいてしまった。

「あああああ！」

「なんだよ！　何？」

「もしかしたら大人ののび太くん、未来に帰らなかったんじゃなくて、帰れなかったのかもしれない」

「どういうこと？」

「記憶をなくして、自分が誰かもわからなくなって……」

なるほど。それなら青年のび太が結婚式の前に帰ってこなかったのも腑に落ちる。

つまり、そのドラえもんの考えた理由はかなりの確率で当たっているのかもしれない。のび太は足元がガラガラと崩れていくような不安を感じた。

「そうなった場合」

「うん」

「同じタイミングでぼくの記憶も消えちゃうんだよね？」

「残念ながら、そういうことに……」

「そんなの困るよーっ！」

「待ってのび太くーん」

のび太はもうほぼ半泣きになりながらも、絶対にタイムリミットまでに青年のび太を見つけ出す覚悟で町の中に急降下していった。

15

そのころ、少年姿の青年のび太は……。

相変わらずヘラヘラと笑いながらジャイアンの追跡を振り切るために走っていた。何度か信号にも助けられ、青年のび太はジャイアンの執拗な追跡から逃れることに成功していた。さすがに子どもであるジャイアンがいくら怒っても昔のような恐怖心は感じなかったが、ケンカになった場合、今借りている少年ののび太の体ではやはり勝てそうにない。

無駄な戦いは避けるべきだった。

ずいぶん遠くまで走ってきてしまった。見知らぬ街だ。

「はー、やっと振り切ったか。ジャイアンたちしつこいんだから」

青年のび太はジャイアンがいつまた現れるかもしれないと後ろを警戒しながら歩

いていた。

そのとき、青年のび太にドンという衝撃が走った。

何者かにぶつかったのだ。

「あ、失礼」

軽く受け流そうと見上げると、そこには見るからに不良の匂いをぷんぷんさせた中学生らしき者たちが三人で立ちふさがっていた。

昔ながらの学ランを着込んで、学帽を斜めにかぶった、わかりやすくタチの悪そうな三人組だった。そのなめ回すような目つきを見て、これはちょっと面倒なことになったぞと青年のび太は思った。

「おい！　失礼だとぉ？」

「そ、そんなに怒るかな？　ちょっとぶつかっただけだろう？」

中学生たちは青年のび太のその言い方が気に食わないようだった。確かに彼らから見たら今の青年のび太は小学生の姿をしている。そんなやつからタメロをきかれたんでは、彼らにとっては侮辱と感じるのも無理はないだろう。

だが、このとき青年のび太は少々焦っていて、自分が小学生の姿をしていることを一時的に忘れていた。

　青年のび太から見れば、彼らはまだ子どもの部類に入る年齢だった。

　一瞬怖そうにみえたその容姿も、よくよく見ればかわいらしいものだった。

　青年のび太は余裕の目で中学生たちを見返した。

「なんだこの小坊。お前、なんでそんなに態度がでかいんだよ？」

　青年のび太は相変わらず上から目線の発言で返した。

「き、君たち、やめたまえ」

「やめたまえだってさ」

　何がおかしいのか、中学生たちは青年のび太の言い方に爆笑した。青年のび太は状況が理解できなかったが、とりあえず合わせておこうと一緒になって笑った。

　これまた中学生たちにとっては気に食わない態度だったようだ。

「お前が笑うんじゃねぇ！」

「オイ、ごめんなさいって気持ちは、オイ、あるのかよ？」

「あ、はい」

「あれっ、そういうときって、どうするんだっけ？」

「い、いやー」

「わかんないか。じゃ、あくまでも、参考に教えてやるよ。参考にだぞ」

「あ、はい」

「普通は慰謝料置いていくかな」

ついに中学生が本性を現した。要するにカツアゲする気なのだ。

しかし、青年のび太は多少のお金でこの状況が解決するなら払ってもいいと思っていた。面倒は避けたい。

「慰謝料？　いかほど？」

「相場は千円……いやお前生意気だから二千円かな。でも強要してるんじゃないぞ。あくまでも参考の話だからな、ん」

不良中学生はずいぶんとかわいいことを言い出した。

「はは、やっぱり中学生だな。そんな額なら喜んで払おうじゃないか」

確かに不良中学生たちは青年のび太が何を言っているのかわからなかっただろう。何しろ見た目は小学生なのだから。

青年のび太はこんなことのために忘れず持ってきた財布から二枚の千円札を取り

出した。

やはり不測の事態に備えて、財布を用意してきてよかった。

「はい、取っておきなさい」

しかし、このとき、青年のび太は重要な事実に気づかずにいた。青年のび太の財布に入っているお札はあくまでも未来のものなのだった。

そして青年のび太は自分の時代では数年前にお札というお札が新しくデザインされた新札に入れ替わったことをすっかり忘れていた。

新しいお札にはさまざまな候補の中から選び出された日本の漫画文化の礎を築いた、あの人物の肖像がデザインされていた。

「はぁー？　なんで千円札の顔が、手塚治虫なんだよ」

「そうかこれ、ぼくの時代のお札だ」

「子ども銀行かこれは。あァ？」

その子どもという言葉で、青年のび太は自分が今、子どもの姿をしているのだということをようやく思い出した。

『まずい。どうも話がかみ合わないと思った』

青年のび太は最後の手段に出ることにした。相手はタチの悪い不良中学生の三人組だ。そして今の自分は弱々しい小学生の姿をしている。当然ケンカに持ち込んでも勝てるはずがなく、この手段を使っても誰も責めはしないだろう。青年のび太は未来の電話を取り出すと宣言した。

「えぇーーい、こうなったら警察呼ぶぞ」

不良中学生たちは、未来の電話を見て笑った。

「なんだそれ！　最近そういうのはやってるのか？」

なぜだ？　なぜこいつらはこの電話を見てマズいと思わないのか？　警察呼ぶって言ってんだぞこっちは。

少し考えて、青年のび太はハッとした。そうだった。今は過去の世界。まだこの手の電話は開発されていないはずだ。

彼らにはこれは電話機には見えていないのだろうし、個人電話をサポートするシステムもこの時代にはない。

案の定、送受信用の電波を示すメーターはゼロを示していた。

「電波が来てない……」

困った。打てそうな手はすべて封印されてしまった。

不良中学生三人組は「さあどうする?」と両手を広げて、青年のび太が逃げられないように徐々に輪を縮めながら追い詰めてくる。

「オイ、ふざけるのもいいかげんにしろよ」

「ちゃんと出すもの出せよ。アア?」

道の端に追い詰められた青年のび太は、駐車してあったスクーターにぶつかった。

それはありがたいことにエンジンがかかったままになっていた。

これから出前に出かける持ち主が、しばらくの間そこに置きっぱなしにしてあるようだった。当然キーも差してある。

やった!

青年のび太はこれをちょっとの間だけ拝借することにした。

スクーターに飛び乗ると青年のび太は自慢げに言った。

「ぼくはこんなのも運転できるんだよ。中身は大人だからね」

「はぁあ?」

青年のび太はスクーターに向かって大声で音声コマンドを入力した。

「ゴー！　スクーター」

　何事も起きなかった。

「……あれ。オッケースクーター！　ヘイスクーター！」

　困った。そうかこの時代のスクーターには音声コマンドが使えなかったのか。

「音声認識ってまだだっけか？」

　いつまでも発車できないでいる少年姿の青年のび太に中学生たちは覆いかぶさるように包囲を固めてきた。

「さあて、おふざけもたいがいにしてもらいましょうかな？　小坊」

　殴られると思った青年のび太は両肩にぐっと力を入れた。すると、そのはずみに力は腕に伝染し、スロットルをぐいと回す。

　スクーターが急発進した。

「うおっと、と、と、と」

　近くのラーメン屋から出前の品を入れるオカモチを持った店主がスクーターの発進音を聞いて飛び出してきた。

「ワスのスクーター！」

どんどんスピードを上げるスクーターから青年のび太は叫んだ。

「うわぁあぁーーっ！　お借りしま〜す」

「あのやろぉぉぉっ！」


少年姿の青年のび太の乗ったスクーターは高速で突っ走っていた。その後ろから追いかけてきた不良中学生だったが、どんどん遠ざかっていった。

「止めてぇえええ」

この時代のスクーターを止める方法を残念ながら青年のび太は知らなかった。

「ブレーキってどこぉぉぉーっ」

止まらない以上、何かにぶつからないように走るしかない。

暴走スクーターから逃げ惑う人々を、青年のび太は必死でよけながらスクーターを操っていた。

中学生たちは追いつけそうもないと悟ると、横道をショートカットしていった。

うまくいけば、大きく弧を描いている大通りを走る少年姿の青年のび太と再び接触できるかもしれない。

青年のび太は人をよけようと大きくハンドルを切った。目の前に板塀が迫った。ギュッと目をつぶるとその板塀は古くなって傷んでいたらしく軽々と吹っ飛んだ。青年のび太を乗せたスクーターは他人の家の庭を突っ切っていった。

驚いたのはその家の縁側でリラックスしていた住人だった。

勢いそのままに庭先を突破していく少年姿の青年のび太を住人が唖然として見ていた。

「すいませーん！」

その庭の生け垣部分を突破し、葉っぱだらけになりながら青年のび太は通りに復帰した。疾走しながら青年のび太は懐かしい人物を見た。歩いているその姿は、スローモーションのようにのび太の視界を横切っていた。

「しずかちゃん！　あわわわーっ」

この時代のしずかの姿に気を取られてしまい、青年のび太はハンドル操作をしくじって、派手に転んだ。倒れて滑っていくスクーターの後ろをやっぱり滑っていく青年のび太の視線はしずかに釘づけになっていた。

驚いたのはしずかだ。目の前でスクーターが派手に転倒したかと思うと、それを運転していたのは自分がよく知っているあののび太ではないか！

ゼイゼイと息を切らしながら中学生たちが追いついた。

「こらーっ、てめえ」

「おもしれーじゃねえか。おい」

青年のび太はその迫力に怯えた。怯えながら、なんで大人の自分がこんな中学生に怯えているんだと考えた。すると段々笑えてきた。

何も恐れることはない。相手はまだせいぜい中学生なのだ。それなのに何を自分は気圧されていたのだろう。

「あれ？　ちょっと待てよ。よく考えたらお前たち、年下じゃないか……」

中学生たちはこの小学生は何を言い出したのかとキョトンとした。

「君たち、中学生のくせにこんなことしちゃダメだぞ。しかも年上の社会人を脅すなんて」

なんという言い方だ。中学生たちは心から腹が立った。さっきからわけのわからないことを言う小学生だったが、この言葉は心から意味不明だった。

「んなわけ、ねーだろ！」

不良中学生のリーダー権田がパンチを繰り出したその瞬間、少年姿の青年のび太はなぜか一瞬気を失った。

その体はぐにゃりと曲がり、中学生のパンチがむなしくのび太のうしろにあったベンチに激突する。

「ぐおおおお、いてえええええ」

赤く腫れ上がった拳を抱えて、中学生はのけぞった。

「妙なよけ方しやがって」

「あれ？　今いったい何があった？」

意識が戻った少年姿の青年のび太は、地面に倒れたまま状況がつかめない。

「よくも俺様の拳を、もう絶対許さねえ」

中学生の拳は、今度は命中、少年姿の青年のび太は地面にゴロゴロ転がっていった。

「やっぱり痛いし、怖い」

16

そのころ。

青年姿の少年のび太とドラえもんはタケコプターで上空からの捜索を続けていた。

「まったく大人ののび太くん、どこ行っちゃったんだろう」

その横で、のび太が少しふらついて落下していく。

「のび太くーん‼　危ないから一旦降りよう」

あわててドラえもんが支えて二人は地面に着陸した。

「のび太くん、大丈夫？」

「ええと、君、誰だっけ？」

ドラえもんは焦った。のび太の記憶が失われ始めているのだろうか？

「ぼくだよ。ドラえもんだよ。しっかりして‼」

「あははは、そうだよね。今、ぼくちょっとぼーっとしちゃった」

「意識の混濁が始まっているんだ。のび太くん、しっかり！」

のび太は頭を振ると、両頬を両手でたたいて、目を見開き、意識をしっかりとさせた。

そして遠くを見据えると言った。

「大丈夫！　ぼくはしずかちゃんとの未来を必ず取り戻す！」

ドラえもんがすぐに渡せるように手に持った入れかえロープの端が赤く点滅を始めた。

「時間がない。急ごう！」

スクーターが倒れた道ばたで小学生の姿をした青年のび太は中学生たちに追い詰められていた。一度恐怖にとらわれてしまった青年のび太は中学生が年下であるにもかかわらず怖くて怖くて仕方がなかった。

「まあまあ、落ち着こうか」

「その偉そうな態度が気に入らねーって言ってんだよォ」

青年のび太は胸ぐらをつかまれて宙づりにされた。

「ヒィイい」

そのときだった。あの懐かしいしずかの凛とした声が響き渡った。

「弱いものいじめはやめなさい！」

「あぁ？」

子どもの姿をした青年のび太を地面に転がして、中学生たちはしずかに向き直った。

その正論そのものの意見がかなり気にさわったようだった。

「なんだこのクソガキは？」

中学生は獲物を狙う肉食獣のようにウロウロとしながらしずかを睨みつけていた。

「この街は生意気な小坊だらけだな！　躾してやらないといけないな」

中学生の一人が目配せすると、残りの二人がさっと広がってしずかを包囲した。

彼らは慣れた様子でじりじりと間隔を狭めていった。

倒れたままの少年姿の青年のび太が叫んだ。

「しずかちゃん、逃げろ」

しずかは中学生たちに怯えるあまり、足がすくんで動けないようだった。

少年姿の青年のび太の足も震えていて、立とうとしてもなかなか力が入らなかった。

しずかが泣き出しそうな怯えた目で逃げ道を探している。それをどうすることもできずに恐怖に萎縮しながら眺めている自分。時間は粘度を増してゆっくり流れている。中学生たちの怒号が響いている。その言葉がはっきりとした輪郭を持たず、ただ頭の中でウオオオオオンと響いている。

こんなのじゃない。見つけたかったのはこんな自分じゃない。

青年のび太はもう一度しずかを見た。しずかと目が合った。

その目ははっきりとのび太に助けを求めていた。

しずかがのび太を頼ってくれた。

のび太の中で今まで眠っていたスイッチがはっきりと音を立てた。

中学生がしずかに手を伸ばしたそのとき、グイと肩を引っ張られて振り返ると、そこにはただならぬ表情を浮かべた少年姿の青年のび太が立っていた。

「なんだよ！」

「しずかちゃんから離れろ！」

怯えていたしずかの顔がぱっと明るく輝いた。

「のび太さん‼」

青年のび太は膝を曲げ、伸び上がる力で中学生に頭突きを食らわした。

まったく予測していなかったのび太の不意打ちは中学生の下あごに見事にヒットした。

子どものび太の体と中学生との身長差がうまく作用した。

頭がくらっとなって、中学生がよろけた。

青年のび太が「勝った！」と思った……がそう事態は簡単にはいかなかった。

中学生はグィと踏ん張りなんとか耐えた。そして今までとはまったく迫力が違う形相でのび太を睨みつけると言った。

「貴様ぁああ」

ケンカ慣れしているらしく中学生は間髪をいれず左パンチを繰り出してきた。

しかし、しずかからの期待を全身に浴びた青年のび太は体の緊張が解けたせいか柔らかくしなってそのパンチをよけた。

「あれ？　また……」

そう思った途端、今度は右からのパンチが青年のび太を襲った。

「そうはいかないんだよ」

ギリギリ後ろに下がってなんとかそれもよけるのび太。

青年のび太は遠い昔、ジャイアンとボロボロになるまでケンカした夜のことを思い出していた。あの日、未来に帰るというドラえもんを安心させるために、のび太は必死に戦ったのだ。

何か守りたいものがあれば、のび太は普段よりずっと強くなれる。

だがさらに繰り出されるいくつかの攻撃を足を使って下がってよけてきた結果、青年のび太は壁際に追い詰められてしまった。

「逃げられねーな」

中学生のストレートが青年のび太に炸裂する瞬間。中学生の体が左に大きく舞った。

横からドロップキックが飛んできたのだ。

そこには意外な人物たちが立っていた。青年のび太は彼らの出現に驚きながら、思わずその名を呼んだ。

「ジャイ…アン？」

「こんなところまで逃げてたのかよ、のび太」

「てめえ！」

不意打ちを食らって無様にひっくり返った中学生が立ち上がったが、そのとき、どこからともなくエンジン音が聞こえてきた。

「あっ？」

そう言った瞬間、中学生たちめがけてラジコン飛行機が猛スピードで急降下してきた。「うおっ！」「おあっ！」「うへっ！」

中学生たちは飛行機をギリギリでよけながら後ずさっていく。

青年のび太が後ろを見ると、そこにはラジコンを操作しているスネ夫がいた。

「壊れたら弁償してもらうからな！」

「スネ夫‼」

「なんだ、お前らーー！」

　スネ夫はラジコン飛行機を着陸させると、向かってくる中学生たちにジャイアンと一緒に飛びかかった。

「のび太をいじめていいのはなぁ、おれたちだけなんだよ！」

　青年のび太も思わず彼らに突っ込んでいった。

「うわあああああああ」

「おぼえてやがれ」

　不良中学生たちが手や頬を押さえながら逃げていった。

　泥だらけ、あざだらけになったのび太たちが肩で息をしていた。

　中学生たちが角を曲がって見えなくなったとき、ようやく青年のび太はホッとして、ヘナヘナと座り込んだ。スネ夫もジャイアンも座り込んで笑い合った。

「やったじゃねえか、のび太」

　今にも泣き出しそうな顔のしずかが駆けてくると、のび太の顔をハンカチでぬぐってくれた。真新しいガーゼのハンカチの感触がひりひり痛む頬の傷に優しかった。

「無茶するんだから。もう。のび太さん、ケンカ弱いくせに」

そう言いながらしずかの目にぷっくりと涙がたまっていくのが見える。それは今にも決壊して流れ出しそうだった。

青年のび太は太陽を浴びてキラキラするそれをきれいだなと思いながら見ていた。できればずっと見ていたかった。

この人は十数年の時を経て、自分のお嫁さんになってくれると言っている。それだけで充分じゃないか。

青年のび太の心の中で、何か凝り固まっていたものが溶け出しそうになっていた。

「ぼく、しずかさんを守れたかな?」

うなずいたしずかの目から、ついに形を保てなくなった涙の粒が一筋の流れとなってこぼれ落ちた。

それを見つめていた少年姿の青年のび太の視界がグラーンと揺れた。

「あれ?」

必死に首を立てておこうと思っているのだけれど、なんだかうまくいかない。

あれれと思っているうちに世界が九十度回転して、コンクリートの地面がのび太の目の前に立ち上がってきた。のび太の頬が地面と激突した。

「のび太さん！　どうしたの……しっかり！」

しずかやジャイアンたちの声が遠くのほうでくぐもって聞こえた。

「さっき、のび太さん、スクーターで転んだの」

「頭を打ったのかも」

「病院！　病院！」

その声を青年のび太はまるで人ごとのように聞いていた。

「そうか…ぼく、倒れたんだ」


同じ時刻――。

ジャイアンやしずかたちから遠く離れた場所で、外見は青年の少年のび太がドラえもんに突然寄りかかった。

「のび太くん、しっかり」

「大丈夫。絶対大人のぼくを見つけ出す。ぼくと、しずかちゃんの未来を…まもら……なきゃ……」

そう言いながらものび太の足はまたもつれた。思わず、ドラえもんにすがりつくように寄りかかったが、そのまま崩れ落ちついに路上に倒れてしまった。

のび太の目はうつろになっている。意識が消えたり戻ったり、明滅しているのが目の光から見て取れた。

「のび太くん！　ああのび太くん！　ああ、どうしよう。このままじゃのび太くん、何もかも忘れてしまう。どこに行ったんだ、大人ののび太のやつ！」

警告音を発しながら入れかえロープの両端が激しく点滅している。

ドラえもんはなんとかこのピンチを脱しようと、ポケットの中から次から次へと道具を取り出してみた。

しかし、何一つ事態を好転させてくれそうなものは見つからない。

「どうしよう、どうしよう。なんかいい手はないか！　なんかいい手は！」

そのとき、ドラえもんの手がポケットの中の「どこでもドア」に触れた。

「この手があった！」

ドラえもんはどこでもドアを取り出すと目的地を告げた。

「大人ののび太くんのいるところ!」

するとドラえもんの後ろにどこでもドアの目的地用ドアが出現した。

それには気づかずドラえもんがどこでもドアに顔を突っ込むと、その顔だけが後ろのドアから現れた。ドラえもんの目の前にはドアに顔を突っ込んでいる自分の後ろ姿が見えた。切羽詰まった状況とは裏腹になんとも不思議な風景が出現してしまっていた。

「大人って……こののび太くんのことじゃないんだけど。えーーどうしようどうしよう」

ドラえもんは悩んだ。どう言えばどこでもドアは行きたい目的地に開いてくれるのだろう。

「待てよ……ちゃんと正確に言ったら、どうなるんだろう? 大人ののび太くんの心が入った……子どもののび太くんのところへ!」

ドラえもんは今度こそと思いながら、再びどこでもドアを開いた。

一方、街の外れではジャイアンが倒れたのび太を必死に揺さぶっていた。しずかとスネ夫がそれを心配そうに見ている。

「のび太さん！　のび太さん！」

「おいしっかりしろ、のび太」

「今、救急車を呼んでもらってるからな」

彼らがのび太に必死に話しかけているすぐ後ろにどこでもドアが出現した。

ドアを開いて今度こそ正しい場所に開いたことを確認したドラえもんはぐったりした青年のび太を引きずりながらそこから出てきた。

「やった、正解だ！」

「ドラちゃん！　のび太くんが大変なの！」

スネ夫がぐったりと倒れている青年のび太を不思議そうな目で見ていた。

「誰？　その人」

「いいから。これをそののび太くんに持たせて！」

「わかった」

スネ夫が入れかえロープの一端を子ども姿の青年のび太に持たせ、もう一端をドラえもんが青年姿の少年のび太の手に持たせせた。

しかしロープから音声ガイドが冷たく流れた。

「もう元には戻せません」

ドラえもんがヘナヘナと座り込んだ。事態は最悪の状態に至ってしまったようだ。

「何？　何が起こっているの？」

しずかが心配そうに声をかける。

ドラえもんはもう一度気力を振り絞ってロープに向かって怒鳴った。

「いいからやるんだ！　できないなんて言わせないぞ！」

ロープの音声ガイドはめんどくさそうに答えた。

「しかし、そういう仕組みになっているので」

「やれったらやれ！　のび太くんを元に戻さなかったらお前をバラバラにするぞ！」

「そんなこと言われましても……」

「あきらめるな！　なんだってやってみなくちゃわからないじゃないか！」

ドラえもんはいつの間にか涙目になっていた。

ここであきらめたら、のび太も青年のび太も永久に記憶をなくしてしまう。

ドラえもんの心からの抗議は入れかえロープにも伝わったようだった。

「わ、わかりました。まったくロープ使いが荒いんだから」

もう一度ロープの両端が光った……が、その光はまったく動く気配がなかった。

「ほらね……これだけ時間が過ぎていると、入れ替わろうとしないでしょ」

「うるさい！」

ドラえもんは青年の姿をした子どものび太に必死に話しかけた。

「しっかり！　しっかりして」

ようやく両端の光がのろのろと動き出したが、それはすぐに移動をやめてしまった。

「もう無理っぽいですねぇ」

しずかが不安いっぱいの顔でドラえもんに聞いた。

「どうなっちゃうの？」

答えようがなかった。ちょっとした思いつきで魂を交換したのび太と未来ののび太が、共にすべての記憶を失ってしまいそうになっているだなんて、しずかに伝えられるわけがなかった。

その代わりに、ドラえもんは昏睡状態の青年姿の少年のび太に怒鳴った。

「のび太くん……いいの？　ジャイアンやスネ夫、しずかちゃんとの思い出が消えちゃうんだよ？」

青年姿の少年のび太は沈黙したままだった。

何が起ころうとしているのか……しずかがその持ち前の洞察力で察してしまった。

「……！　まさか…記憶が？　のび太さんの記憶が消えてしまうの？」

ドラえもんは力なくうなずいた。

ようやく状況を理解したジャイアンとスネ夫も唖然とした顔でつぶやいた。

「うそだろ」

「そんな……」

その顔が……いつものび太をコテンパンにいじめている二人の顔が悲しみにゆがんでいくのがなんだかたまらなかった。

ドラえもんはさらに大声で呼びかけた。

「のび太くん‼　ぼくとの思い出もなしにしちゃうのか？　それでもいいのか？」

未来に帰らなくてはいけないことがわかったあの日。ジャイアンに勝ったボロボロののび太を抱きしめたあの日。しずかと結婚できる可能性を知って大はしゃぎしたのび太の顔。いくつもの思い出が今、目の前で消えていこうとしていた。

「ぼくはそんなのイヤだよ!!」

ドラえもんの涙が頬を伝って青年姿の少年のび太の顔に落ちた。

そのとき、ロープの光がゆっくりと動き始めた。

ロープの音声ガイドがうれしそうに言った。

「おおっ動き出しました」

初めは力なく、やがてお互いの魂を表す光が確実にスピードを速めながら移動していった。その光は、交差しながらそれぞれ本来の体に吸い込まれていく。

ドラえもんは祈った。

「間に合って!」

すべての光がお互いの体に吸い込まれた。

入れかえロープはその仕事を終え沈黙した。

しかし、のび太も青年のび太もピクリとも動かない。

時間がゆっくりと過ぎていった。

皆の目が心配そうに二人を見つめている。

不安をあおるように時間だけが過ぎていく。

なにもかも、無駄だったのか……元に戻れる時間はとっくに過ぎてしまっていたのか？

ドラえもんの心配がピークに達したそのとき、……ゆっくりとのび太が目を開けた。

その視界いっぱいに涙目のしずかが映っていた。

「のび太さん！　のび太さん!!」

「……しずかちゃん？」

ギリギリで入れ替わりは間に合ったのだ。

「もう、のび太さんのバカァ！」

しずかがのび太を抱きしめた。

「得意じゃないのに、ケンカなんかするから！　無理なんてしなくていいの。のび太さんはそのままでいいんだから！」

しずかの体温をシャツ越しに感じながら、のび太は猛烈に照れていた。

しずかの涙がシャツにしみ込んであたたかくしめっていった。

少し離れたところで、ドラえもんと自分本来の体に戻った青年のび太が二人を懐かしそうに見つめていた。

「もう、大丈夫？」

「うん、ようやく帰れそうだ。ぼくのしずかさんのところに」

17

ようやく未来に帰る決心がついた青年のび太を伴って、のび太とドラえもんはタイムマシンに乗り込んだ。

発進しようとしていると、青年のび太が提案してきた。

「未来に帰る前にもう一ヶ所だけ寄りたいところがあるんだ。ほら結婚式の挨拶をしなくちゃいけないからさ、あの日の……」

その言葉にのび太もピンときたようだ。

「もしかして」

「そうぼくたちの……」

「生まれた日！　そうだよ、ぼくもこの目であのウチで生まれたってことを確かめたい。なんでのび太なんて名前をつけたのかも……」

「それはぼくも気になってた」

意気投合する二人ののび太に、ドラえもんがあきらめ顔で答えた。

「ハイハイ。ここまで来たらとことんつきあうよ」

タイムマシンはのび太の生まれた日に向かって滑らかに発進した。


タイムホールから三人は出てきた。そこは十年前ののび太の部屋で、建て直したばかりの新築ほやほやの野比家だった。

「十年前のぼくの家だ!!」

部屋には描きかけのキャンバスやイーゼル、油絵の具に使いかけのパレットなど、パパであるのび助の道具が散らばっていた。

「ここは父さんの部屋だったのか」

「趣味の部屋をぼくらが奪っちゃったんだね」

ドラえもんがふすま脇の柱をさわりながら言った。

「まだ柱の傷もない」

のび太が不安そうな顔をしている。

「それにしても、本当に誰もいないなー。親がいなくてどうしてぼくが生まれたんだろう」

「この感じは……」

ドラえもんが深刻そうな顔でつぶやいた。

「やっぱり拾ってきたってことかな」

「やっぱりそうなの？」

のび太が青い顔をしてドラえもんを揺さぶる。

それを見て、青年のび太が笑う。

「やめなよ。病院に行っているんだろ」

よく考えてみればもちろんその通りだった。産院でのび太は生まれたのだ。だからきっとおばあちゃんもパパも、もちろんママもそこにいるのだ。

と思った矢先、大あわてのパパ、のび助が家の中に飛び込んできた。

「どこだどこだ！」

その姿にのび太が驚いた。

「パパ！　やっぱ十年分若い！」

青年のび太も自分とたいして変わらない年齢のパパに感動していた。

「ぼくからしたら二十五年分若い！」

「ははは、まだお兄さんっぽいね」

そこまで言われてようやくパパが不審そうな顔でのび太たちを見た。

「……君たち、誰だい？」

「自分の子どもを忘れるとは？」

ドラえもんが少年のび太に小声で注意した。

「まずいよ。君はまだ生まれてないんだから」

そしてにこやかにパパに対応した。

「失礼しました。家を間違えたみたい」

ドラえもんが少年のび太と青年のび太を押し出すように部屋から出ていった。

「なんだあれは。いやそんなことより、生まれたという赤ん坊はどこにいるんだ！

電話を聞いて会社を早びけしてきたんだよ」

パパもまた混乱しているようだった。ドアの外からドラえもんが助け船を出した。

「入院してるんじゃない？」

「あっ、そうだったそうだった！」

ようやく状況を認識したパパが再びドアから猛烈なスピードで飛び出していった。

「だいぶあわてていたね」

のび太がそのとき大事なことに思い当たった。

「で、病院はどこ？」

「待ってえーーっ。ぼくらも連れてってえー」

三人は大あわてでパパのあとを追った。


産院のエントランスホールにパパが勢いよく飛び込んでいって、息を整えながら、そこにいた看護師に聞いた。

「赤ちゃんが生まれたと聞いてきたんですが」

「ああ、野比様ですね。おめでとうございます！　男のお子さんですよ」

「ハッ、ごちそうさま、いやそのどうも」

あわてている新米の父親には慣れているらしい看護師さんは、パパの変な返しにもまったく動じず、個室に案内した。

「こちらですよ」

「あー、ドキドキするなぁ」

パパに少し距離を置きながらついていくのび太たちも不安と期待が高まっていた。

「ぼくもドキドキだ。どんな赤ちゃんなんだろうね」

「きっとぼくらに似て玉のようなかわいい子だよ」

こんなときは青年のび太も少年のび太に声をそろえる。

ドラえもんだけが冷静だった。

「ハハハ。あんまり期待しないほうがいいんじゃない」


パパは病室に入ってくるなり、大仕事を終えた妻の名を呼んだ。

「タマちゃん！」

ベッドには生まれたばかりらしい赤ん坊が眠っていた。

「ばあ！　お父さんだよ!!　なんてかわいいんだ。これがぼくの子か？　初めまして赤ちゃん」

個室の外にいたのび太たちだったが、パパのその声にたまらなくなって部屋の中に飛び込んでいってしまった。少年のび太も青年のび太も同じくらいの無邪気さで盛り上がっていた。まったくこういうところは成人しても何も変わっていないようだった。

「見せて見せて」

それがさっき家にいた不思議な三人組とわかったパパは警戒した。

「また君たちか！」

そんなことにはかまわず、のび太と青年のび太はベビーベッドの中の生まれたばかりの赤ん坊をのぞき込んだ。

「これがぼく？　しわくちゃじゃんか。まるで猿みたい」

パパが我が子をけなされてカンカンに怒った。

「猿とはなんだー‼　猿とは！」

その勢いに驚いてのび太たちは廊下に飛び出してきた。

「あーびっくりした。あんなに怒るなんて」

「ひどいこと言うからだ。それだけのび太くんのことがかわいいんだろ？」

「いや全然かわいくなんてないよ。あれ、きっとぼくじゃないんだ」

「生まれたてはあんなもんだよ」

個室の中ではママが不思議な三人組をいぶかしがっていた。

「誰？　あの子たち」

「さっきからうろちょろしてるんだ。あんなしつけをした親の顔が見たいね」

親の話をして、パパは自分の母親のことを思い出した。

「あれ？　そういえばおふくろは？　ずっと付き添っていたんだろ？」

「ご先祖に報告するんだって。あなたと入れ違いになったのね」

「喜んでたろう？」

「ええ、もう顔中くしゃくしゃにして」

パパは、そのとき枕元に置かれた真新しいクマのぬいぐるみに気づいて手に取った。

「お義母さんが赤ちゃんにって。気が早いでしょ」

それを廊下からドアの隙間を通じて少年のび太と青年のび太が見ていた。

「クマちゃん、このとき作ってくれたんだね」

「初めて知った」

「まだ持っている？」

「うん。式場で大役務めているよ」

個室の中ではママがパパに聞いた。

「ところでこの子の名前どうする？」

「ちゃんと考えてあるんだ」

「なんて名前？」

「じゃーん、発表します！　野比のび太」

「のび太？」

「いい名前だろう」

少年のび太も青年のび太もこの名前はここで決まってしまったのかと思った。

いや、まだ遅くないかもしれない。

「もっとかっこいいのにしてほしいや」

「本人の希望も聞いてくれるべきだ」

今からでも猛抗議したら、思い直してくれるかもしれない。なんせのび太本人が二人がかりで説得するのだ。やってやれないことはない気が二人ともしていた。

まだ間に合う。抗議のために個室に入っていこうとする二人をドラえもんが止めた。

「よせ、また怒鳴られるぞ」

そして身振りで中の話を聞いてごらんと促した。

部屋の中からはこんな会話が聞こえてきた。

「名前の意味？　もちろんあるよ。健やかに大きくどこまでも伸びてほしいという願いを込めてあるんだ」

「いい名前ね。野比のび太……うん、いい名前」

その言葉を廊下から聞いていた二人ののび太はびっくりしていた。ずっと気に入らなかったこの名前に両親はそんな思い……願いを乗っけてくれていたのだった。

「そんなふうに思ってくれてたんだ」

少年のび太も青年のび太も、今では自分の名前が両親から送られた最高の宝物のように感じていた。あれほどきらいだった名前がまるで違って感じられた。

二人とも心の中で自分の名前を抱きしめるようにかみしめた。

個室の中では今はのび太となった赤ん坊に両親が期待を込めて声をかけていた。

「いい子に育ってほしいな」

「いい子に決まってるさ。君に似たら成績優秀疑いなし」

「あなたに似たら運動ならなんでも来いのスポーツマン」

それを廊下で聞いていたドラえもんが意地悪そうな笑いを浮かべた。

「両方の悪いとこに似ちゃったんだな」

のび太と青年のび太が声をそろえて言った。

「うるさいよ」

個室の中ではパパとママがどんどん夢をふくらませていた。

「学者になるかな？　野球選手になるかな？　芸術家もいいよね」

「絵でも彫刻でも音楽でも」

「なんでもいい。社会のために役立つ人間になってくれれば」

「思いやりがあって勇敢で」

「明るく男らしくたくましく清く正しく美しく」

両親のあまりにも高すぎる期待に二人ののび太は段々困惑してきた。そして是非ここでは一言言っておきたいと思い、そっとドアを開けた。

「あのぉ…あんまり期待されても……」

「そんなにたいした子じゃないんです」

パパがまたかという顔をしてのび太たちを睨みつけた。

「さっきからいったい、ウチの子に何か恨みでもあるのかあーーー!」

「ごめんなさーい!」

のび太たちはパパの迫力に、今度は産院から逃げ出した。

18

むくむくとわき上がっていく八月らしい入道雲を見ながら、のび太たちの心は晴れやかに澄んでいた。

三人はなんとなくこの時間から離れがたくて、近くの堤防を散歩していた。

そして二人ののび太は自分たちの名前に込められた両親の思いと期待をもう一度反芻しながら少し神妙な気分になっていた。

「パパもママも……」

「あんなに喜んで……」

「とっても期待してくれていたんだな」

自分という人間がこの世にやってきたとき、あれほどの喜びと期待で迎えてくれた両親。自分という存在を無条件に肯定された、その晴れがましくもくすぐったい気持ちをかみしめながら二人は自分自身同士で顔を見合わせて笑った。この気持ちを共有するには最高の相手がそこにはいた。

ドラえもんがそんな二人を微笑ましく眺めていた。

さあ、用意は整った。あの時代に向けて出発するときがやってきたのだ。

ドラえもんが高らかに宣言した。

「さ、未来に戻ろう！」


タイムマシンを駆って二人ののび太とドラえもんは雨にぬれたプリンスメロンホテルに戻ってきた。

時刻はのび太が青年のび太を探すために式場を飛び出したころだ。

三人は巨大な吹き抜けがある一階のエスカレーター前で立ち止まり、じっと上を見つめた。

「はあはあはあはあ」

「ようやっと戻れるね」

「うん」

青年のび太は決意に満ちた表情でうなずいた。

と、そのとき、青年のび太がなにかに気づいた。

「あ……」

青年のび太はかがんで、のび太とドラえもんをエスカレーターのほうへ連れていく。

「こっちへ」

「何々？」

「どうしたの？」

「ほらあれ」

反対側の下りエスカレーターをドラえもんとのび太が急いで下りていくのが見えた。

二人は今まさに青年のび太を探しに行くところなのだ。

「あんなに走って……ありがとうな、ぼく」

青年のび太は、走り去っていくのび太とドラえもんをしみじみと見つめた。

エスカレーターが上について三人は下りると、青年のび太が走り出そうとした。

「さあ急ごう」

ドラえもんが少年のび太に耳打ちした。のび太はハッと驚いた顔になって言った。

「あのさ」

「ん？」

「悪いけど、ここからは一人で行ってくれる？」

「へ？」

「ぼくらは、大切な約束を果たしに行かなきゃ。ね？　ドラえもん」

「うん」

「そうか……。それじゃここでお別れだね。えーと、その……なんだ……ぼくを見つけてくれてありがとうな」

青年のび太は、恥ずかしそうに頰をかきながら言った。

「あなたの未来は、ぼくの未来でもあるからね」

のび太とドラえもんはそう言って、大きくうなずいた。

そして「あっそうだ、これ」と言って、のび太はズボンのポケットから何かを出し、青年のび太に手渡した。

「これは……」

青年のび太は手の中の物を見る。それは、とてもとても大事なものだった。

「じゃあねえ〜」

「なあ、大切な約束って?」

そして、手を振っているのび太とドラえもんにあわてて声をかけるが、二人はいたずらっぽい笑顔を残し、消えていった。

青年のび太は、のび太からもらったものを握りしめて微笑むと式場へと駆け出していった。ドアの前でもう一度だけ自分に言い聞かせるようにしてうなずき、ドアを開ける。

「お待たせしました。って、あれ?」

「どもっ、ありがとっ! おっ、皆さん、心の友のび太くんが戻ってきました!」

会場はジャイアンの歌から発せられた毒気にやられ、お客たちはくたくたになっていた。

みんなの目が明らかに「助かった」と言っていた。

「つないでおいてやったぜ」

「ありがとうジャイアン」

青年のび太は、奥から歩いてくる大人ジャイアンからマイクを受け取り、自分の席に戻ってきた。大人しずかがにこやかに迎えてくれた。

「おかえりなさい」

「ただいま。心配かけたね」

「いーえ、少しも心配なんかしていなかったわ」

司会者が冷や汗を拭きつつ、司会を続けた。

「では、皆さま。あらためて、新郎の野比のび太さんよりご挨拶を頂戴します」

青年のび太がうなずいて、壇上に立つ。するとそれにタイミングを合わせたように外の空が晴れ始めた。

式場のマネージャーがコントロールルームのオペレーターに連絡した。

「お、雨やんだな。君、天井スクリーンをオフに」

「はい」

ガラスドームに映し出されていた映像がうっすらと残像を残して消えていき、そこには本物の外の光が差し込み始めた。

　さっきまでの雨で埃が洗い流された街並みはのび太としずかの門出を祝うかのようにキラキラと輝いていた。

「皆さんこんにちは。野比のび太です」

　大人スネ夫がヤジを飛ばす。

「知ってるぞーーっ！」

　青年のび太は胸ポケットから挨拶の下書きを取り出したが、あえてそれを見ずに言葉を紡ぎ始めた。それはこの数時間の時空を超えた旅の成果だった。

「実はこの名前がぼくはきらいでした。なんだか間延びしてません？」

　笑ってもいいんだろうかという遠慮が混じった笑いが少し起こった。

　のび太のパパとママが肩をすくめるように少しだけ寂しそうな顔をした。

「でも、ぼくが生まれたとき、両親はぼくがどこまでも大きく伸びるよう、この名前をつけてくれたんだそうです。今ではとても好きです、この名前」

　今では好きになったという言葉をかみしめながら、のび太のパパはのび太が生まれてきた日のことを思い出してママに言った。

「まるで見てきたみたいだな」

「ホントね」

青年のび太はその姿をうれしそうに眺めると挨拶を続けた。

「そんなふうにぼくは両親に……そうだ、おばあちゃんにも、愛情いっぱい育ててもらいました」

そう言って入り口付近を見たのび太の視線の先には、漫画家になったジャイ子が描いたウェルカムボードとおばあちゃんが縫ってくれたクマちゃんがいた。

「……家族のみんなに愛情いっぱいに育ててもらいました。皆さんをお迎えしたあのクマのぬいぐるみはおばあちゃんがぼくが生まれたときに作ってくれたものです。何度も繕ってもらってつぎはぎだらけになってしまったけれど、ぼくにとっては大切なおばあちゃんの思い出です」

そこまで言ったとき、のび太の胸にはおばあちゃんの思い出が次々に浮かんできた。

「幼いころ、泣いて帰ってきたぼくをいつも慰めてくれ、そしてどんなときにもぼくを信じてくれたおばあちゃん。

……0点取ったり、だらけているぼくをいつもしかってくれた母さん。夢を持つことを一所懸命教えてくれた父さん。ぼくはあなたたちのやさしさに守られて育ちました。

そして、お義父さん。いつかぼくに『君は人の痛みがわかる人間だ』と言ってくれました。もしそうなら、それは家族が教えてくれたものです」

しずかの父親が微笑んでうなずいた。

「ぼくは両親やおばあちゃんの期待通りにはいかなかったのかもしれません。本当はもっと立派な……芸術家とか野球選手なんかに育ってもらいたかったのかもしれません」

大人ジャイアンが茶々をいれる。

「よっ、期待外れ！」

青年のび太が応酬する。

「うるさいぞそこ」

長いつきあいを感じさせるやりとりに会場が笑った。

のび太のパパとママも顔を見合わせて笑っていた。

「しかし、これだけは言えます。ぼくはすばらしい家族に育ててもらいました。ですから少々頼りないぼくですが、しずかさんとあたたかい家庭をつくっていくこと、そのことだけには自信があります」

今度はしずかの両親がニコニコとうなずいた。

「それが……そうすることが、ぼくができる両親とおばあちゃんへの一番の恩返しだと思うのです。父さん、母さん、そしてお義父さん、お義母さん、あなたたちがライバルです。しずかさん、負けないようにがんばって幸せな家庭をつくろう」

しずかが涙ぐんでうなずいた。会場があたたかい拍手に包まれた。

のび太のパパとママの目にも涙が光っていた。

19

この様子をのび太とドラえもんが、会場ドアの隙間からこっそりと見ていた。

彼らは『行かなきゃいけない大事なところ』から帰ってきたのだ。

そしてその横にはもちろん、過去から招待したおばあちゃんが立っていた。

おばあちゃんもそっと涙をぬぐうと、ニコニコとうなずきながら会場をあとにして歩き始めた。

のび太とドラえもんがあわててあとを追った。

「もう帰るの？」

「ありがとうね。もう充分見させてもらいましたよ」

確かにそうだった。おばあちゃんは願い通り、のび太のお嫁さんを見ることができたのだ。

おばあちゃんとのび太たちは、木の陰にあるどこでもドアに入っていき、そして消えた。

拍手が続く会場でのび太のママがパパにふとつぶやいた。

「今、そこにおばあちゃんがいたような気がしたんだけど」

「お前もそう感じたか？　もしかしたら、おふくろもここに来てくれていたのかもしれないな」

挨拶を終え、戻ってきた青年のび太にしずかが少し怒ったような顔で言った。

「さっきまでののび太さん、偽物だったでしょ？」

「そ、そんな……ええと」

ごまかしようがなかった。しずかはいつだって最強だ。ごまかすなんてできっこない。会場中のすべての招待客が見抜けなかったことも、しずかには一発でバレていた。

青年のび太は猛烈に冷や汗をかき始めた。それがのび太の答えなんだねとでもいうようにしずかは続けた。

「あなたはあなたのままでいいのに。一人で悩んで思い詰めて、そして……また助けてもらったんでしょう、ドラちゃんに」

青年のび太はにこやかにうなずいて、意を決して答えた。

「ぼくは……、ぼくが幸せになるために戻ってきた。それがきっとしずかさんを幸せにするってことだから」

しずかがハッとして、そしてその言葉を咀嚼するとにっこりと笑った。

「よくできました！」

青年のび太はさっき少年ののび太が渡してくれたものをしずかに見せた。

それは少年のび太が代理で交換した結婚指輪だった。

「まあ」

「ちゃんとやり直そう！」

しずかは微笑んでうなずくと、それを受け取り、自分の指から外した指輪を青年のび太に手渡した。

そして披露宴の喧噪の中、誰も見ていないテーブルの下で今度こそ本当に本物の『指輪の交換』がひそやかに行われたのだった。

二人の左手が、天井から差してくる太陽の光に反射してきらりと輝いた。

のび太が三歳の世界、野比家の庭先にもう一度タイムホールが開いた。

そこからのび太とドラえもん、そしておばあちゃんが姿を現した。

おばあちゃんは少し疲れたらしく、そのまま、どっこいしょと縁側に座ると、のび太に微笑んだ。

「ホントに夢をかなえてくれたね、のびちゃん、ありがとう」

「どういたしまして。おばあちゃんとの約束が守れてよかった！」

「はい、とてもとてもうれしかったよ。でもね」

「でも？」

「おばあちゃん、何よりうれしいのは、のびちゃんが約束を守るために……約束を守るために必死でがんばったことがうれしいんだよ。いっぱいいっぱい苦労したね。泣き虫のあんなに小さいのびちゃんが、こんな立派な男の子になるんだね。そのことが何よりも一番うれしかったんだよ」

その言葉にもうのび太は涙をこらえることができなかった。それにおばあちゃんは自分のことを買いかぶりすぎている。ぼくは決してそんな立派な人間じゃない。

のび太はおばあちゃんに駆け寄ると、思いのたけを思いっきり吐き出していた。

「おばあちゃん！　ぼくそんなんじゃないんだ。いつも殴られるし、意気地がないし、頭悪いし、よく泣くし……」

ニコニコしながらおばあちゃんは続けた。

「でも、のびちゃんは本当の強さを持っているのじゃないのかい。しずかちゃんだって、そのことに気づいたからお嫁さんになってくれたんだろ？」

「おばあちゃん‼」

やっぱりおばあちゃんは最高だ。自分の本当の奥深い場所にあるキラキラしたものを探し出してくれる。そしてそれを大切に大切に磨き上げてくれる。のび太はついにこらえきれなくなって、おばあちゃんの膝に突っ伏して泣いた。

「おやおや、小さいのびちゃんに戻っちゃったねぇ」

しばらく思い切り泣くと、のび太は涙を拭きながら顔を上げた。

「また来ていい？」

「ええ、ええ、何度でも来ておくれ。おばあちゃんはここで待っているからね」

のび太はその言葉に何度も何度もうなずいた。ドラえもんはそんな二人をにこやかに眺めていた。


タイムマシンはのび太とドラえもんを乗せて、のび太の時間に向けて順調に航行していた。大きくて小さなのび太たちの旅は間もなく終わろうとしていた。

タイムマシンの運転席には誰も座っていない。

「タイムマシンって自動運転できるんだ」

「うん、今日はもう運転が面倒でさ、大変な目にあいすぎたから。まったく毎度毎度、君ってやつは」

「えへへぇ、ごめんよドラえもん」

「ちゃんと反省してる?」

「してるさ」

「本当かな、うりうり」

「しつこいなあ」

ドラえもんがのび太を何度も小突く。その拍子にタイムマシンが揺れて、立てかけてあったワスレンボーが倒れて、のび太の頭に当たった。

その瞬間、のび太は白目をむいてひっくり返った。

「えっ？」

ドラえもんは倒れた棒を見て焦った。

「しまった、これワスレンボーだ。あー、しまったなあ～。記憶消しちゃったよ。さすがにまずいよなあ。うん？　でも待てよ」

一瞬困惑したドラえもんだったが、少し考えて、これはこれでいいのかと思い直した。目を覚ましたのび太がきょとんとした顔で起き上がった。

「ドラえもん……ぼく、なんでタイムマシンに乗っているの？」

「えーとね、とってもめんどくさくて、でもとっても素敵なことがあったんだ」

「え、なになに教えて……！」

「大人になったらわかるよ。それまでは知らないほうがいい」

「えーっ、なんで！　何があったのさ」

「どこまで覚えてる？」

「おばあちゃんに会って……そうだ、おばあちゃんにお嫁さんを見せなきゃ」

「それは大丈夫。もう終わった」

「えぇっ‼ どういうこと？ ねえ、教えてよ」

「しつこいなぁ。教えないったら教えないの」

「頼むよ、ドラえもーん‼」

タイムマシンが滑らかに舞うようにタイムトンネルの中を飛び去っていった。

おわり

あとがき

六年前、「STAND　BY　ME　ドラえもん」という映画を作らせてもらいました。

おかげさまでびっくりするほどたくさんのお客さんが来てくれました。

ほどなく、「STAND　BY　ME　ドラえもん2」の話が持ち上がりました。

続編を作るというのは、一作目がよっぽどヒットしなければあり得ないことなので、大変ありがたかったのですが、同時にハタと困ってしまいました。

「STAND　BY　ME　ドラえもん」は、名作と呼ばれているいくつかのエピソードを並べてみたら、ラブストーリーとして一本の物語になるではないか！　という発見だけで始めた企画です。

その発見（というほど大げさなものではないのかもしれませんが）のみが頼りの、ほとんど藤子・F・不二雄先生におんぶにだっこ、いわば無数にある原作エピソードから好きに選ばせてもらって編集させてもらったコンピレーションアルバムのようなものです。

まあ元の話がすばらしすぎるので、ほぼその力でいい感じにできあがりました。

しかし……。

パート2となると……だいぶ自分でも物語をつくっていかなくてはならなくなります。

一作目のとき入れたくてもどうにも入れられなかった「おばあちゃんのおもいで」を中心にさせてもらおうということは瞬時に決めましたが、そのあとが厄介でした。

あの話をふくらませるのに、どうしたらいいのか？

いろんなパターンを考えましたが、どれも変に偏っちゃってボツ。

しかし、藤子先生の原作、本当に偉大だなと思うのは、たった一言のセリフの中に、その先を想像できるネタが仕込まれていたのです。

「おばあちゃん、あんたのお嫁さんをひと目見たいねえ」

ここ深掘りできるなぁと。

脚本打ちあわせに集まってくださったメンバーの「そして結婚式に行ってみたら大人ののび太は自信がなくなって逃げたりして……」という言葉。

いくつかのピースが組み合わさった音がしました。

そして、すぐに新しい物語の流れが出来上がりました。

それまでかなりの難産だったのですが、生まれるときはすぐですね。

そんなこんなで出来上がったのが今回の「STAND BY ME ドラえもん2」の物語です。

自分を育ててくれた両親への思いもちょっとだけ忍ばせてあります。

映画を見てくれた人やこの本を読んでくれた人が気に入ってくれたらうれしいです。

二〇二〇年夏

山崎　貴

―本書のプロフィール―

本書は、２０２０年11月公開の映画「ＳＴＡＮＤ ＢＹ ＭＥ ドラえもん ２」をもとに著者が書き下ろしたノベライズです。

小学館文庫

小説 STAND BY ME ドラえもん2

原作 藤子・F・不二雄
脚本・著者 山崎 貴

二〇二〇年十一月十一日 初版第一刷発行

発行人 野村敦司
発行所 株式会社 小学館
〒一〇一-八〇〇一
東京都千代田区一ツ橋二-三-一
電話 編集〇三-三二三〇-五一〇五
販売〇三-五二八一-三五五五
印刷所 ―――― 図書印刷株式会社

この文庫の詳しい内容はインターネットで24時間ご覧になれます。
小学館公式ホームページ https://www.shogakukan.co.jp

Printed in Japan
ISBN978-4-09-406839-9